林贤治 主编
百年中篇典藏

被爱情遗忘的角落

张弦 著

章德宁 编

南方出版传媒
花城出版社
中国·广州

图书在版编目（CIP）数据

被爱情遗忘的角落 / 张弦著；章德宁编. -- 广州：花城出版社，2020.8
（百年中篇典藏 / 林贤治主编）
ISBN 978-7-5360-9096-5

Ⅰ. ①被… Ⅱ. ①张… ②章… Ⅲ. ①中篇小说－小说集－中国－当代 Ⅳ. ①I247.5

中国版本图书馆CIP数据核字(2020)第118800号

出 版 人：肖延兵
丛书策划：张　懿
出版统筹：邹蔚昀
责任编辑：曹玛丽
技术编辑：凌春梅
装帧设计：林露茜

书　　名	被爱情遗忘的角落
	BEI AI QING YI WANG DE JIAO LUO
出版发行	花城出版社
	（广州市环市东路水荫路11号）
经　　销	全国新华书店
印　　刷	恒美印务（广州）有限公司
	（广州南沙经济技术开发区环市大道南路334号）
开　　本	880毫米×1230毫米　32开
印　　张	4.25　2插页
字　　数	90,000字
版　　次	2020年8月第1版　2020年8月第1次印刷
定　　价	40.00元

如发现印装质量问题，请直接与印刷厂联系调换。
购书热线：020 - 37604658　37602954
花城出版社网站：http://www.fcph.com.cn

总序

林贤治

中国新文学从产生之日起，便带上世界主义的性质。这不只在于由文言到白话的转变，重要的是文学观念的革新。从此，出现了新的文体，新的主题，新的场景、人物和故事，于是一个新的文学时代开始了。

以文体论，所谓"文学革命"最早从诗和散文开始。小说是后发的，先是短篇，后是中篇和长篇，作者也日渐增多起来。由于五四的风气所致，早期小说的题材多囿于知识人的家庭冲突和感情生活；继"畸零人"之后，社会底层多种小人物出现了，广大农民的命运悲剧与农村中的阶级斗争进而廓张了小说的疆域，随后，城市工人与市民生活也相继进入了小说家的视野。小说以它的叙事性、故事性，先天地具有一种大众文化的要素，比较诗和散文，影响更为迅捷和深广。

从小说的长度看，中篇介于短篇与长篇之间，但也因此兼具了两者的优长。由于具有相当的体量，中篇小说可以容纳更多的社会内容；又由于结构不太复杂而易于经营，所以，自二十世纪二十年代以来，小说家多有中篇制作。论成就，或许略逊于长篇，但胜于短篇是肯定的。

一九二二年，鲁迅在报上连载《阿Q正传》。这是新文学运动发生以后的第一个中篇小说，在革命的大背景下，为国人的灵魂造像；形式之新，寓意之深，辉煌了整个文坛。阿Q，作为一个典型人物，相当于塞万提斯笔下的堂·吉诃德，在中国，为广大的人们所熟知，他的"精神胜利法"成了民族的寓言。在二十年代，创造社和文学研究会的作家创作颇丰，中篇小说作家有郁达夫、废名、许地山、茅盾，以及沅君、庐隐、丁玲等。郁达夫在五四文学中享有盛名。他的小说，最早创造了"零余者"的形象，其中自我暴露、性描写，在当时是惊世骇俗的，虽然有颓废的倾向，却不无反封建的进步的意义。《迷羊》《她是一个弱女子》是他的代表性作品，打着时代特有的个性主义和人道主义的双重烙印。在丁玲的《莎菲女士的日记》中，作为刚刚觉醒的女性主义者，追求个性解放和自由恋爱的莎菲女士，结果陷入歧路彷徨、无从选择的困局之中，表现了一代五四新女性所面临的新观念与旧事物相冲突的尴尬处境。继鲁迅之后，一批"乡土作家"如台静农、蹇先艾、许钦文、王鲁彦等崛起文坛，是当时的一个突出的文学现象。但是佳作不多，中篇绝少。

毕竟是新文学的发轫期，二十世纪二十年代的小说大多流于粗浅，至三十年代，作家队伍迅速扩大，而且明显地变得成熟起来。有三种文学，其中一种是所谓"民族主义文学""三民主义文学"；另一种与官方文学相对立，在当时声势颇大，称为"左翼文学"。以"左联"为中心，小说作家有茅盾、柔石、蒋光慈、叶紫、张天翼、丁玲，外围有影响的还有萧军、萧红等。其中，中篇如《林家铺子》《二月》《丽莎的哀怨》

《星》《八月的乡村》《生死场》，都是有影响的作品。茅盾素喜取景历史的大框架，早期较重人物的生理和心理描写，有点自然主义的味道，后来有更多的理性介入，重社会分析。中篇《林家铺子》讲述杭嘉湖地区一个小店铺老板苦苦挣扎，终于破产的故事。同《春蚕》诸篇一起，展开二十世纪三十年代民族危难、民生凋敝的广阔的社会图景。《二月》是柔石的一部诗意作品。小说在一个江南小镇中引出陶岚的爱情，文嫂的悲剧，和一个交头接耳、光怪陆离而又死气沉沉的社会。最后，主人公萧涧秋在流言的打击下，黯然离开小镇。作者以工妙的技巧，揭示了知识分子在残酷的现实生活中进退失据的精神状态。诗人蒋光慈的小说《丽莎的哀怨》《冲出云围的月亮》发表后，受到左翼作家的批判，影响轰动一时。其实"革命+恋爱"的创作模式，并不能遮掩小说所展露的人性的光辉。特别在充斥着"左"倾教条主义政治话语的语境中，作者执着于对"人"的描写，对人性与环境的真实性呈现，是极为难得的。萧军和萧红是东北流亡作家，作品充满着一种家国之痛。《八月的乡村》以场景的连缀，展示了与日本和伪满洲国军队战斗的全貌。《生死场》超越民族和国家的限界，着眼于土地和人的生存。"在乡村，人和动物一起忙着生，忙着死"，是贯穿全篇的主旋律。小说有着深厚的人本主义的内涵，带有启蒙的意义。

  此外，还有一种文学，来自一批自由派作家，独立的作家，难以归类的作家。如老舍、巴金、沈从文等，在艺术上，有着更为自觉的追求。像沈从文的《边城》《长河》，就没有左翼作品那种强烈的阶级意识。沈从文自称"是个不想明白道理却永远为现象所倾心的人"。他倾情于"永远的湘西",着意于表现自然之美与野蛮的力,叙述是沉静的,描写是细致的,一些残酷的血腥的故事,在他的笔下,也都往往转换成文化的美,诗意的美,而非伦理的美。巴金早期的小说颇具政治色彩,如《灭亡》;而《憩园》,则是一种挽歌调子,很个人化的。施蛰存等一批上海作家是另一种面貌,他们颇受西方现代派文学的影响,从事实验性写作。不过,值得指出的是,左翼作家是一批青年叛逆者,敢于正视现实、反抗黑暗;其中有些作品虽然因意识形态的影响而在一定程度上削弱了艺术的力量,但是仍然不失为当时最为坚实锋锐的文学,是五四的"人的文学"的合理的延伸。

整个二十世纪四十年代动荡不安。这时,除了早年成名的作家遗下一些创作外,新进的作家作品不多,突出的有张爱玲的《金锁记》和路翎的《饥饿的郭素娥》。张爱玲善于观察和描写人性幽暗的一面,《金锁记》可谓代表作。路翎的《饥饿的郭素娥》何尝不是写人性,却是张扬的、光明的、美善的。在劳动妇女郭素娥的身上,不无精神奴役的创伤,却更多地表现出了与命运抗争的顽强的生命力。延安文学开拓出另一片天地:清新、简朴、颂歌式。丁玲的《在医院中》《我在霞村的时候》,以及赵树理的《小二黑结婚》《李有才板话》,形态很不相同,但在文学史上都有着全新的意义。在丁玲这里,明显地带有五四时期的个人主义和女性主义的残留,所以当时遭到不合理的批判。赵树理的小说,可以说专写农村和农民,但不同于此前知识分子作家的乡土小说,强调的不是苦难,而是新生的活力和希望。语言形式是民族的、传统的,结合现代小说的元素，有个人的创造性，但无疑地更加切合时代的需要。所以，周扬高度评价赵树理的作品，称为"新文艺的方向"。

一九四九年以后，中国有了统一的文坛。从五十年代初期的文艺整风开始，多种政治运动接连不断，对作家的思想、个性和创造力造成了不同程度的损害。比如对萧也牧的《我们夫妇之间》的批判，以及随后对路翎入朝创作的《洼地上的战役》等小说的批判，都在小说界产生了直接的消极影响。

二十世纪五六十年代的中短篇小说颇为寥落。少数青年作者带有锐意的作品，如王蒙的《组织部来了个年轻人》，较早表现反官僚主义的主题。小说也许受到来自苏联的"写真实""干预生活"等理论和作品的影响，但是作者无意模仿，这里是来自五十年代中国的真实生活，和一个"少布"的理想激情的历史性相遇。它的出现，本是文学话语，通过政治解读遂成为"毒草"，二十年后同众多杂草一起，作为"重放的鲜花"傲然出现。老作家孙犁以一贯的诗性笔调写农业合作化运动，自然被"边缘化"；赵树理一直注目于农村中的"中间人物"，却在一九六二年著名的"大连会议"之后为激进的批判家所抛弃。"文革"十年，文坛荒废，荆棘遍地；所谓"迷阳聊饰大田荒"，甚至连迷阳也没有。

"文革"结束以后，地下水喷出了地面。以短篇小说《伤痕》为标志的一种暴露性文学出现了，此时，一批带有创伤记忆的中篇如《天云山传奇》《犯人李铜钟的故事》《大墙下的红玉兰》《绿化树》《一个冬天的童话》《被爱情遗忘的角落》等同时问世。《绿化树》叙写的是右派章永璘被流放到西北劳改农场的经历，是张贤亮描写中国知识分子历史命运的一部力作。与其他"大墙文学"不同的是,作者突出地写了食和性。通过对主人公一系列忏悔、内疚、自省等心理活动的描写,对饥饿包括性饥饿的剖视,真实地再现了特定年代中的知识分子的苦难生活。作者还创作了系列类似的小说,名为"唯物论者的启示录",对一代知识分子命运作了深入的反思。张弦的小说,妇女形象的描写集中而出色。《被爱情遗忘的角落》《未亡人》《挣不断的红丝线》,其中的女性,无论在农村还是城市,无论是少女还是寡妇,都是生活中的弱势者,极"左"路线下的不幸者、失败者和牺牲者。驰骋文坛的,除了伤痕累累的老作家之外,又多出一支以知青作家为代表的新军,作品有张承志的《北方的河》《黑骏马》,王小波的《黄金时代》,阿城的《棋王》等。或者表达青年一代被劫夺的苦痛,或者表现为对土地和人民的皈依,都是去除了"瞒和骗"的写真实的作品。这时,关注现实生活的小说多起来了。无论是蒋子龙的《乔厂长上任记》、高晓声的《陈奂生上城》,还是谌容的《人到中年》、路遥的《人生》,都着意表现中国社会的困境,不曾回避转型时期的问题。《人到中年》通过中年眼科大夫陆文婷因工作和家庭负担过重,积劳成疾,濒临死亡的故事,揭示中国知识分子的生存现状,可谓切中时弊。小说创造了陆文婷这个悲剧性的英雄形象,富于艺术感染力,一经发表,立即引起社会的巨大反响。

二十世纪八十年代初期中国作家非常活跃,带来中篇小说空前的繁荣。这时,出现了重在人性表现的另类作品,如汪曾祺的《受戒》《大淖记事》,张洁的《爱,是不能忘记的》,还有史铁生的《关于詹牧师的报告文学》《命若琴弦》等,显示了创作的多元化倾向。汪曾祺的小说创作起步于二十世纪四十年代,却因时代的劫难,空置几十年之后,终至大器晚成。他自称是"一个中国式的抒情的人道主义者",小说多叙民间故事,十足的中国风。《大淖记事》乃短篇连缀,散文化、抒情性,气象阔大,尺幅千里,在他的作品中是有代表性的。

八十年代中期,"思想解放运动"落潮,美学热、文化热兴起。在文学界,"寻根文学""先锋小说"应运而生。"寻根"本是现实问题的深化,然而,"寻"的结果,往往"超时代",脱离现实政治。王安忆的《小鲍庄》,以多元的叙述视角,通过对淮北一个小村庄几户人家的命运,尤其是捞渣之死的描写,剖析了传统乡村的文化心理结构,内含对国民性及现实生活的双面批判,是其中少有的佳作。"先锋小说"在叙事上丰富了中国小说,但是由于欠缺坚实的人生体验,大体浅尝辄止,成就不大,有不少西方现代主义的赝品。

至九十年代,中篇小说创作进入低落、平稳的状态。这时,作家或者倡言"新写实主义","分享艰难",或者标榜"个人化叙事",暴露私隐。无论回归正统还是偏离正统,都意味着文学进入了一个思想淡出、收敛锋芒的时期。王朔是一个异类,嘲弄一切,否弃一切;他的作品,容易让人想起鲁迅的名文《流氓的变迁》,却也不失其解构的意义。这时,有不少作家致力于历史题材的书写或改写,莫言的《红高粱》写抗战时期的民众抗争,格非的《迷舟》写北伐战事,从叙述学的角度看,明显是另辟蹊径的。苏童的《妻妾成群》,写的是大家族的妇女生活。在大宅门内,正妻看透世事,转而信佛;

小妾却互相倾轧，死的死，疯的疯。这些女人，都需要依附主子而活，互相迫害成为常态，不失为一个古老的男权社会的象征。尤凤伟的《小灯》和林白的《回廊之椅》写历史运动，视角不同，笔调也很不一样。尤凤伟重写实，重细节，笔力雄健；林白则往往避实就虚，描写多带诗性，比较丁玲的《太阳照在桑干河上》和周立波的《暴风骤雨》等经典作品，却都是带有颠覆性的叙述。贾平凹有一个关于土匪生活的系列中篇，艺术上很有特色。现实题材中，余华的《许三观卖血记》，刘庆邦的《到城里去》，迟子建的《世界上所有的夜晚》，胡学文的乡土故事和徐则臣的北漂系列，多向写出"新时期"的种种窘态。钟求是的《谢雨的大学》，解析当代英雄，包括大学教育体制，是一个值得注意的作品。关于官场、矿区、下岗工人、性工作者，现代化、城市化过程中的一些重大的社会事件和现象，都在中篇创作中有所反映，但大多显得简单粗糙，质量不高。

一百年来，经过时间的淘洗，积累了一批具有经典性、代表性的中篇小说。"百年中篇典藏"按现代到当代的不同时段，从中遴选出二十四部作品，同时选入相关的其他中短篇乃至散文、评论若干一起出版。宗旨是，使读者对具体的作家、作品，乃至一百年来中篇小说创作的源流状貌有一个较为完整的了解。

作者简介

张弦（1934—1997），浙江杭州人，1934年6月生于上海。1953年毕业于清华大学钢铁机械专修科，分配到鞍山钢铁公司任技术员，1956年调至北京钢铁设计总院。1956年11月发表小说《甲方代表》和电影文学剧本《锦绣年华》，不久应北京电影制片厂之邀将《甲方代表》改编为剧本《上海姑娘》拍成电影。1958年因一篇未发表的小说《苦恼的青春》而被划为"右派分子"下放到工厂、农村"监督劳动"。辍笔二十一年后，1979年得以平反并重新发表作品，以《记忆》《被爱情遗忘的角落》先后获1979年、1980年全国优秀短篇小说奖。此后创作的以女性命运为题材的《未亡人》《银杏树》《挣不断的红丝线》等小说深受文坛好评并被译成英、日、德、法、俄等文。与此同时还创作和改编了十多部电影剧本拍成电影，《苦难的心》《被爱情遗忘的角落》《秋天里的春天》《井》等四部获国内优秀影片奖，《井》《湘女萧萧》二部在国际电影节获奖。所写的电视连续剧《唐明皇》《双桥故事》均获优秀电视剧奖。张弦曾为中国作家协会会员、中国电影家协会理事、江苏省电影家协会主席、江苏省作家协会专业作家，于1997年3月19日因病逝世。

1954年在鞍山钢铁公司任技术员（20岁）

1960年在北京钢铁设计院（26岁）

80年代，与作家陆文夫

80年代与江苏作家艾煊（右二）、陆文夫（左四）、高晓声（右三）等

1980年,与王蒙、茹志鹃在全国优秀短篇小说授奖会上

1984年,与作家邵燕祥(左)、林斤澜(中)在南京

1982年,于成都

80年代,与作家叶楠

1981年,《被爱情遗忘的角落》获奖后剧组合影,右起张弦、张潮、沈丹萍、杨海莲、张其等

1991年，与妻子秦志钰在北影

1986年，与电影《失恋者》原作者陈若曦（中）、导演秦志钰（左）在北影

1981年，金鸡奖颁奖会中与钟惦棐（中）、陈光忠（左）

1994年，与韩美林（左）、张贤亮（右）

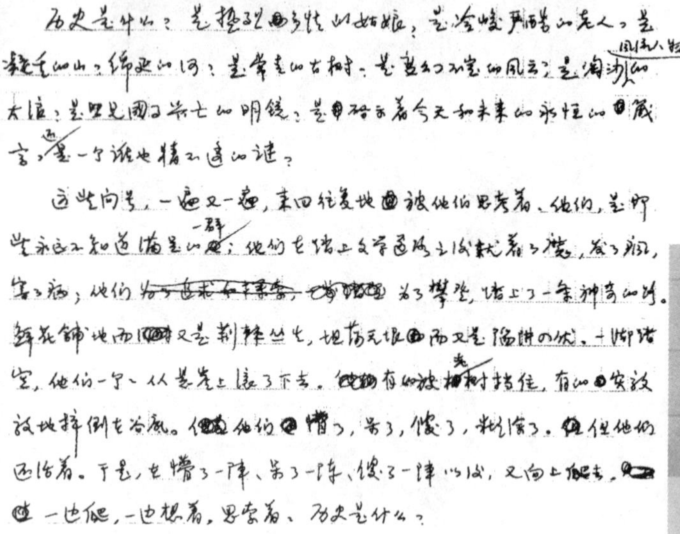

[张弦手稿]

1992年电视剧《双桥故事》获"五个一工程"及"飞天"奖

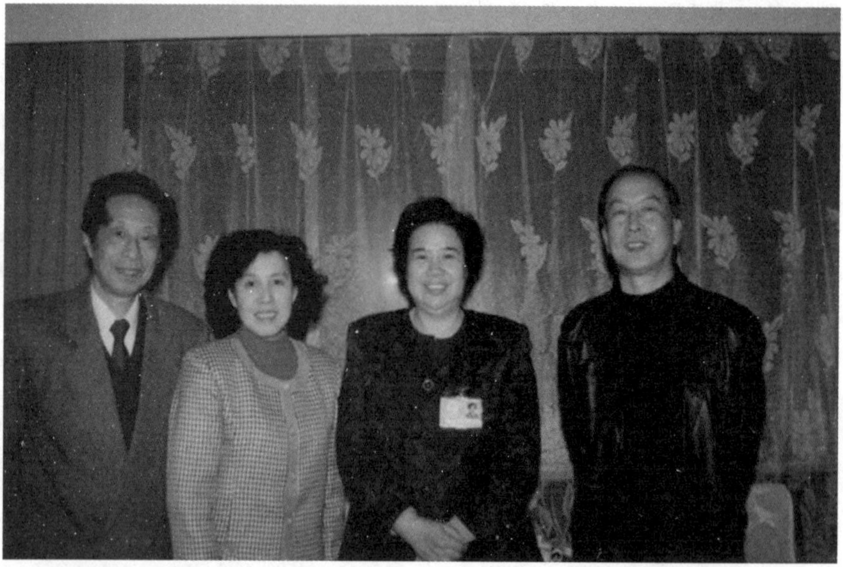

1994年,与邵华(右二)、靳雨生(右一)、秦志钰(左二)策划影片《杨开慧》

目录

被爱情遗忘的角落　　张　弦/1
未亡人　　张　弦/23
挣不断的红丝线　　张　弦/40

从两篇小说谈虚构　　张　弦/60
感受和探索　　张　弦/66
与意大利学生的通信　　张　弦/76

张弦自传　　张　弦/83
忆张弦　　邵燕祥/93
写给张弦　　秦志钰/99

张弦创作年表　　/115

被爱情遗忘的角落

张　弦

一

尽管已经跨入了二十世纪七十年代的最后一年，在天堂公社的青年们心目中，爱情，还是个陌生的、神秘的、羞于出口的字眼。所以，在公社礼堂召开的"反对买卖婚姻"大会上，当报告人——新来的团委书记大声地说出了这个名词的时候，听众都不约而同地一愣。接着，小伙子们调皮地相互挤挤眼，"呵呵呵"放声大笑起来；姑娘们则急忙垂下头，绯红了脸，哧哧地笑着，并偷偷交换个羞涩的眼光。

只有墙角边靠窗坐着的长得很秀气的姑娘——天堂大队九小队团小组长沈荒妹，没有笑。她面色苍白，一双忧郁的大眼睛迷惘地凝望着窗外。好像什么也没听见，一切都与她无关。

但突然间,她的睫毛抖动起来,竭力摆脱那颗沾湿了它的晶莹的东西。——"爱情"这个她所不理解的词儿,此刻是如此强烈地激动着她这颗少女的心。她感到羞辱,感到哀伤,还感到一种难言的惶恐。她想起了她的姐姐,那使她永远怨恨而又永远怀念的姐姐存妮。唉!如果生活里没有小豹子,没有发生那一件事,一切该多么好!姐姐一定会并排坐在她的身旁,毫无顾忌地男孩子般地大笑;散会后,会用粗壮的臂膀搂着她,一块儿到供销店挑上两支橘红色的花线,回家绣枕头……

在五个姐妹中,存妮是最幸运的。她赶在1955年家乡的丰收之后来到世上。满月那天,家里不费力地办了一桌酒。年轻的父亲沈山旺抱起小花被裹着的宝贝,兴奋地说:

"……我把菱花送到接生站,抽空到信用社去存上了钱,再回来时,毛娃儿就落地了!头生这么快,这么顺当,谁也想不到哩!有人说起名叫个顺妮吧,我想,我们这样的穷庄稼汉,开天辟地头一遭儿进银行存钱!这时候生下了她,该叫她存妮。等她长大,日子不定有多好呢!"

他发自内心的快乐,感染了每一个前来贺喜的人。当时,他是"靠山庄合作社"的副社长,乐观、能干,浑身都是天不怕地不怕的勇气和力量。山坡上那一片经他嫁接的山梨,第一次结果就是个丰收。小麦和玉米除去公粮还自给有余。二十几户人家的小村,人人都同他一样快乐,同他一样充满信心地憧憬着美好的未来。

等到五年以后,荒妹出世时,景况就大不相同了。"靠山庄合作社"已改成天堂公社天堂大队九小队。"天堂"这个好听的名字,是县委书记亲自起的。取意于"共产主义是天堂,人民公社是桥梁"。当时，包括队长沈山旺在内的所有社员，都深信进"天堂"不过咫尺之遥，只需毫不痛惜地把集体的山梨树，连同每家房前屋后的白果、板栗统统锯倒，连夜送到公社兴办的炼钢厂。仿佛一旦那奇妙的、呼呼叫着的土炉子里喷出了灿烂的钢花，那么，他们就轻松地步过"桥梁"，进入共产主义了。但结果却是那堆使几万担树木成为灰烬的铁疙瘩，除了牢牢地占住农田之外，没有任何效用。而小麦、玉米又由于干旱，连种子也没有收回，锯倒梨树栽下的山芋，长得同存妮的手指头差不多粗细。菱花怀着快生的孩子从外地讨饭回来，沈山旺已经因"攻击大办钢铁"被撤了职。他望着呱呱坠地的孱弱的第二个女儿，浮肿的脸上露出了苦笑："唉，谁叫她赶上这荒年呢？真是个荒妹子呵！……"

也许是得力于怀胎和哺乳时的营养吧，存妮终于泼泼辣辣地长大了。真是吃树叶也长肉，喝凉水也长劲。十六岁的生日还没过，她已经发育成个健壮、丰满的大姑娘了。一条桑木扁担，代替了又一连生下三个妹妹的多病的妈妈，帮助父亲挑起了家庭的重担。一年一度最苦的活——给国营林场挑松毛下山，她的工分在妇女中数第三。每天天不亮下地，顶着星星回来，吞下一钵子山芋或者玉米糊，头一挨枕边就睡着了。尽管年下分红时，家里的超支数字总是有增无减，连一分钱的现款也拿不到手，但她总是乐呵呵地不知道什么叫愁。高兴起来，还搂着荒妹，用丰满的胸脯紧贴着妹妹纤弱的身子，轻轻地哼一曲妈妈年轻时代唱的山歌。

生活中往往有一些蹊跷的事，十分偶然却有着明显的根源，令人惊诧又实在平淡无奇。比如畸形者，多么骇异的肢体也都可以找到生理学上的原因,只是因为人们的少见而多怪罢了。存妮和小豹子之间发生的事,就是这样。

小豹子是村东家贵叔的独生子,名叫小宝,和存妮同年,这个体格慓悍的小伙子,干起活来有一股吓死人的拼劲。有一次挑松毛,赶上一场冬雨,家贵婶在前面滑了一跤,扁担也撅折了。小宝过来扶起母亲,把两担松毛并在一起,打了个赤膊,咬着牙,吭哧吭哧挑下了山。一过秤,三百零五斤!大家吃惊地说,小宝子真能拼,简直是头小豹子!就这样喊出了名。

1974年的初春,队上的干部清早就到公社去批孔老夫子了,壮劳力全部上了水库工地。保管员祥二爷留下存妮帮他整理仓库。老头儿一面指点着姑娘干活,一面唠叨着:

"干部下来走一圈,手一指:'这儿!'这就开山劈石忙乎一年。山洪下来,嚯!冲个稀里哗啦!明年干部又来,手一指:'那儿!'……也不看看风水地脉!"

"不是说'愚公移山'吗?"存妮有口无心地搭讪说。

"移山能填饱肚子那也成!……来,把这堆先过筛,慢点,别撒了!……瞧这玉米,山梨树根上长的,瘦巴巴的,谁知出得了芽不?"老人又抱怨起玉米种子来。

"不是说'以粮为纲'吗?"姑娘仍有口无心地答着。心想,跟老头儿干活,虽然轻巧,却远不如在水库和年轻伙伴一起挑土来得热闹。

这时,仓库门口出现了个健壮的身影:"派点活我干吧!祥二爷。"

"小豹子!"存妮高兴地喊,"你不是昨天抬石头扭了脚吗?"

祥二爷说:"回家歇着吧!"

"歇着我难受。"小豹子憨厚地微笑说,"只要不挑担子,干点轻活碍不着!"说着,他抄起木锨就帮存妮过筛。

祥二爷高兴地蹲在一旁抽了支烟,想起要喊木匠来修犁头,便交代几句,走了。倒仓库、筛种子这些活儿,在两个勤快的十九岁的青年手里,真不算一回事儿。不多久,种子装进麻袋,山芋干也在场上晾开。小豹子说了声:"歇歇吧!"就把棉袄铺在麻袋上,躺了下来。

存妮擦擦汗,坐在对面的麻袋上。她的棉袄也早脱了,穿着件葵绿色的毛线衣。这是母亲的嫁妆。虽然已经拆洗过无数次,添织了几种不同颜色的线,并且因为太小而紧绷在身上,但在九队的青年姑娘中,仍不失是件令人羡慕的奢侈品。

小豹子凝视着她那被阳光照耀而显得格外红润的脸庞,凝视着她丰满的胸脯,心中浮起一种异样的、从未经验的痒丝丝的感觉。使他激动,又使他害怕。于是,他没话找话地说:

"前天吴庄放电影,你没去?"

"那么老远,我才不去呢!"她似乎为了躲开他那热辣辣的目光,垂下头说,一面摘去袖口上拖下来的线头。

吴庄是邻县的一个大队,上那里要翻过两座山。像小豹子那样的年轻人也得走一个多钟头。它算不上是个富队,去年十个工分只有三角八,但这已使天堂的社员啧啧称羡了。青年们尤其向往的是,沿吴庄西边的公路走,不到三十里,就是个火车站。去年春节,小豹子约了几个伙伴到那里去看火车。来回跑了半天，在车站等了两个钟头，终于看到了穿过小站飞驰而去的草绿色客车而感到心满意足。九队的社员们几乎都没有这种眼福。至于乘火车，那只有外号叫瞎子的许会计才有过这样令人羡慕的经历。

"我也不想去！《地道战》《地雷战》《南征北战》，看了八百次啦！每句话我都会背！……"小豹子伸了个懒腰，叹着气说，"不看，又干啥呢？扑克牌打烂了，托人上公社供销店开后门，到现在也没买到！"除了看电影、打百分而外，这里的青年，劳动之余再也没事可干了。队里订了一份本省的报纸，也只有许瞎子开会时用得着。他总是把报上的"孔子曰"读成"孔子日"，当然不会有人来纠正这位全队唯一的知识分子。过去，这里还兴唱山歌，如今早已属于"黄色"之列，不许唱了……

忽然，小豹子兴奋地坐起来："喂，听许瞎子说，他以前看过外国电影。嗨，那才叫好看哪！"他咂着嘴，又噗的一声笑了，"那上面，有……"

"有什么？"存妮见他那副有滋有味的模样，禁不住问。

"嘻嘻嘻……我不说。"小豹子红着脸，独自笑个不停。

"有什么？说呀！"

"说了……你别骂！"

"你说呀。"

"有——"他又格格地笑，笑得弯了腰。存妮已经料想着他会说出什么坏话来，伸手抓起一把土粒儿。果然，小豹子鼓足勇气喊："有男人女人抱在一起亲嘴儿！嘿嘿嘿……"

"呸！下流！"存妮顿时涨红了脸，刷地把手中的土粒撒过去。

"真的，许瞎子说的！"小豹子躲闪着。

"不害臊！"又一把撒过来。带着玉米碎屑的土粒落在他肩膀上、颈项里。他也还了手，一把土粒准确地落在存妮解开的领口上。姑娘绷起了脸，骂道："该死的！你！……"

小豹子讪讪地笑着，脱了光脊梁，用衬衣揩抹着铁疙瘩似的胸肌，存妮也噘着嘴开始脱毛衣，把粘在胸上的土粒抖出来……刹那间，小豹子像触电似的呆住了。两眼直勾勾地瞪着，呼吸突然停止，一股热血猛冲到他的头上。原来姑娘脱毛衣时掀起了衬衫，竟露出半截白皙的、丰美而富有弹性的乳房……

就像出洞的野豹一样，小豹子猛扑上去。他完全失去了理智，不顾一切地紧紧搂住了她。姑娘大吃一惊，举起胳膊来阻挡。可是，当那灼热的、颤抖着的嘴唇一下子贴在自己湿润的唇上时，她感到一阵神秘的眩晕，眼睛一闭，伸出的胳膊瘫软了。一切反抗的企图都在这一瞬间烟消云散。一种原始的本能，烈火般地燃烧着这一对物质贫乏、精神荒芜，而体魄却十分强健的青年男女的血液。传统的礼教、理性的尊严、违法的危险以及少女的羞耻心，一切的一切，此刻全都烧成了灰烬……

二

瘦巴巴的玉米长出了稀疏的苗子。锄过头遍，十四岁的荒妹开始发现姐姐变了：她不再无忧无虑地大笑，常常一个人坐在床边发呆，同她讲话，好像一句也没听见；有时看见她脸色苍白、低头抹泪，有时却又红晕满面地在独自发笑……最奇怪的是一天夜里，荒妹一觉醒来，发现身边姐姐的被窝是空的。第二天问她，她急得脸上红一阵白一阵的，还硬说荒妹是做梦。

这一阵，妈妈的腰子病发了。爸爸忙着去吴庄的舅舅家借钱，张罗着请医生。家里乱糟糟的，谁也顾不上注意存妮的变化。只有荒妹，在她稚嫩的心灵里，隐隐地预感到将有一种可怕的祸事要落到姐姐的头上。

祸事果然不可避免地来临了。而且，它远比荒妹所能想象的要可怕得多。

那是玉米长出半人高的时节，累了一天的社员，晚饭后聚集在队部，听许瞎子凑着煤油灯念"孔子曰"。荒妹没等开完会，早就溜回了家，照应三个妹妹睡下，自己也去睡了。但不一会就被一阵喧嚣惊醒：吵嚷声、哄笑声、打骂声、哭喊声、诅咒声，夹杂着几乎全村的狗吠和山里传来的回声，从来也没有这样热闹过。荒妹惊慌地捻亮了灯，可怕的喧嚣越来越近，竟到了大门外面。突然，姐姐一头冲进门来，衣带不整、披头散发，扑倒在床上号啕大哭。接着，光着脊梁、两手反绑着的小豹子，被民兵营长押进门来。在几道雪亮的手电光照射下，荒妹看到他身上有一条条被树枝抽打的血印。他直挺挺地跪下，羞愧难容，任凭脸色铁青的父亲刮他的嘴巴。母亲这时已经瘫坐在凳上，捂着脸呜咽着。门外，黑压压地围满了几乎全村的大人和小孩。七嘴八舌，詈骂、耻笑、奚落和感慨……吓得发抖的荒妹终于明白了:姐姐做了一件人世间最丑最丑的丑事!她忽然痛哭起来。她感到无比羞耻、屈辱、怨恨和愤懑。最亲爱的姐姐竟然给全家带来了灾难,也给她带来了无法摆脱的不幸。那最初来临的女性的自尊,在她幼弱的心灵上还没有成型,因而也就格外地敏感,格外地容易挫伤。荒妹大声地哭着,伤心的眼泪像决堤的河流。一面用自己也听不清的含混的声音,哼着:"不要脸!丢了全家的人!……不要脸,丢了全队的人!……不要脸!不要脸!!……"

事情闹腾到半夜。

后来,她昏昏地睡了。朦胧中,又听到队长驱散众人的声音、家贵叔家贵婶向父母道歉的声音,祥二爷劝慰和提醒的声音:"千万别难为孩子家,防备着她想不开!……"妈妈的责骂也渐渐变成了低声的安慰。荒妹终于贴着泪水浸湿的枕头睡去,又不断地被噩梦所惊扰。在最后的一个噩梦中,她猛然听到从远处传来两声急促的呼喊:

"救人哪!救人哪!……"

荒妹猛地跳了起来。东方已经大亮。床上不见存妮,也没有了守着她的母亲。她忽地爬起来,赤着脚就往外奔,跟着前面的人影奔到村边的三亩塘前。啊!姐姐,已经被大伙七手八脚捞了上来,直挺挺地躺在那里。这么快,这么轻易地死了!

母亲抱着姐姐嘶哑地哭号着,发疯似的喊着。多少次被乡亲们拉起来,又瘫倒在地上。父亲呆坐在塘边,失神地瞪着平静的水面,一动也不动,仿佛是一截枯干的树桩。

朝霞映在存妮的湿漉漉的脸上,使她惨白的脸色恢复了红润。她的神情非常安详,非常坦然,没有一点痛苦、抗议、抱怨和不平。她为自己盲目的冲动付出了最高昂的代价，现在她已经洗净了自己的耻辱和罪恶。固然，她的死是太没有价值了。

但是生活对她来说又有什么值得留恋的呢？在纵身于死亡的深渊前，她还来得及想到的事，就是把身上那件葵绿色的破毛衣脱下来，挂在树上。她把这个人间赐予的唯一的财富留给了妹妹，带着她的体温和青春的芳馨……

事情还没有完。大约过了半个月吧，家贵叔家里又传出了凄凉的哀哭——两个公安员把小豹子带走了。全村又一次受到震动。他们从田野里奔来，站在路旁，惶恐地、默默无言地注视着小豹子手腕上那一双闪闪发光的东西。只有家贵夫妇一把眼泪一把鼻涕地跟在他们的独生子后面。

"同志，同志！"沈山旺放下锄头追了上来。这位五十年代的队长是见过点世面的。虽然女儿的死使他突然老了十年，而且对生活更冷漠了，但此刻，他的责任感使他不能沉默。他向公安员说："同志，我们并没有告他呀！"

公安员严峻地瞪他一眼，轻蔑地说："去，去，去！什么告不告！强奸致死人命犯！什么告不告！……"

小豹子却很镇静，抬着头，两眼茫然四顾。突然，他略一停步，就猛地飞奔起来，向对面的荒坡冲去。

"站住！往哪儿跑！"公安员喝着，连忙追了上去。

但是小豹子不顾一切地奔着，杂乱的脚步踏倒了荒草和荆丛。最后，他扑倒在存妮的那座新坟上，恸哭起来，两手乱抓，指头深深地抠进湿润的黄土里。公安员跑来喝了几声，他才止住泪。然后，直跪在坟前，恭恭敬敬地磕了三个头。

三

散了会,荒妹怀着沉重的心情走出公社礼堂的大门,天堂公社是本县的角落,天堂九队又是角落的角落。她望了望低垂在西边松林里的夕阳,担心天黑以前赶不到家了,就断然放弃去供销社逛逛的计划,从后街直穿麦田,快步奔小路上山。

"沈荒妹,等等!一块儿走吧!"身后传来团支部书记许荣树的喊声。他家住八队,与九队只隔着个三亩塘。荒妹当然很希望有人与她同行这段漫长的山路,冬天的傍晚,这山坳是十分荒凉的。但她不希望同路的是个小伙子,特别不希望是许荣树。所以略微迟疑了一下,反而加快了脚步。在麦田尽头荣树赶上来时,她警惕地移开身去,使他俩之间保持四步开外的距离。

存妮的死,绝不仅仅给她留下葵绿色的毛衣。在她的心灵上留下了无法摆脱的耻辱和恐惧。她过早地接过姐姐的桑木扁担,纤弱的身体不胜重负地挑起家庭的担子,稚嫩的心灵也不胜重负地承受着精神的重压。她害怕和憎恨所有青年男子,见了他们绝不交谈,远而避之。她甚至鄙视那些对小伙子并不害怕和憎恨的女伴们。她成了一个难以接近的孤僻的姑娘。

但是,青春毕竟不可抗拒地来临了。她脸上黄巴巴的气色已经褪去,露出红润而透着柔和的光泽;眉毛长得浓密起来;枯涩的眼睛也变得黑白分明,水汪汪的了。她感到胸脯发胀,肩背渐渐丰满,穿着姐姐那葵绿色的毛线衣,已经有点绷得难受了。她的心底常常升起一种新鲜的隐秘和喜悦。看见花开,觉得花儿是那么美,不由得摘一朵戴在头上;听到鸟叫,也觉得鸟儿叫得那么好听,不由呆呆地听上一会儿。什么都变得美好了:树叶、庄稼、野草以及草上的露珠……周围的一切都使她激动。她常常偷偷地在妈妈那面破镜子里打量自己,甚至在塘边挑水时,也忍不住对自己苗条的身影投以满意的微笑。她开始同女伴们说笑,过年过节也让她们挽着手一起逛一逛公社的供销店。尽管对小伙子仍保持着警惕,但也渐渐感到他们并不是那么讨厌的了……就在这时,许荣树在她的生活中出现了。

还是她很小的时候,就认识了荣树。那是她到设在八队的小学上一年级,男孩子们欺侮了她,一个同存妮差不多年龄的高班男同学,跑来打抱不平,还用袖口擦掉了她的眼泪。后来因为妈妈生下了最小的妹妹,她二年级还没上完就辍了学。当她背着小妹妹在三亩塘附近割猪草时,荣树看到了总是偷偷离开伙伴们,抢过她手上的镰刀,飞快地割上一大抱,扔在她的筐里,就急急走开。过了两年,八队传来锣鼓声,荒妹带着妹妹们去看,只见他穿着过大的新军装,戴着红花,沿着三亩塘边上的小路,去当兵了。

直到去年的一次团支部会上,她才又一次见到荣树。他几天前刚从部队复员。进了大队会议室的门,羞涩地向大家一瞥,就像荒妹她们那批刚入团的姑娘一样,悄悄在屋角坐下了。这时几个同他相熟的活跃分子围过来,硬要他讲讲战斗生活。只见他窘得满脸通红,腼腆地推辞着说:"当了几年和平兵,又没打过仗,说啥呀! ……"全然没有青年人心目中那种革命军人的威武气派。但不知为什么,这却引起了荒妹的好感,当选举团支委进行表决,念到许荣树的名字时,她勇敢地把手举得笔直,以此表达她真诚的愿望。

到下一次的团支部活动时,新上任的支部书记许荣树却提出了与众不同的主张,并因此引起了曾当过民兵营长的党支部副书记的不满。

过去,天堂公社青年团的活动,除开会之外,只有一个内容:劳动。——事先准备了些积肥、抬石块之类的重活,先开会,再干活。这种无偿的劳动往往进行到很晚。但荣树破了这个规矩,他说:"青年人有自己的特点。我建议:今晚看电影!"大家乍一听,愣了。接着便轰笑着鼓起掌来。他想得真周到,事先已经在公社附近一家工厂订了票(他有个战友复员到这家工厂),开了个短会,就领着大家出发了。小伙子和姑娘们三五成群,欢天喜地,笑语喧哗,有人大胆地哼起了山歌,简直像过节一样。荒妹这才生平第一次坐在有靠背、有扶手的椅子上,舒舒服服地看了一场电影。而且当天夜里,也是生平第一次,一个青年男子走进了她甜蜜的梦境。他有点像电影里那个带领青年修水库的男主角,更像她的团支部书记。他憨厚地笑着,同她说了些什么,离她很近。醒来时,月光照在她的床边,温柔而明净。她的心里,生平第一次泛起了一片甜丝丝的柔情。但又立即因此而感到惶恐。"这是怎么回事?"她懊恼地想:"唉,唉!幸亏只是个梦!……"

然而当她担任团小组长之后,荣树就真的常来找她了。荒妹的态度一如既往地严肃而冷淡。从不请他进屋,一个门外,一个门里,保持着四尺开外的距离。谈的不过是通知开会之类的事,一问一答,公事公办。讲完,荣树走了,荒妹总要装出做事的样子,到门外偷偷目送他远去。她多么希望他多谈一会儿,进来坐一坐,谈些别的,又多么害怕他这样做。随着接触的增多,这种矛盾的心情越加发展起来。有一天,她回家晚了,小妹妹对她说:"荣树哥来过啦!"正好母亲也刚回来,忙问:"他又来干什么?"父亲说:"他来找我的。问我嫁接山梨的事,几年能结梨?一亩山地能收多少钱?我说,那不是资本主义的路吗?他说,这不叫资本主义,报上就这么讲的!这孩子!……"

父亲似乎不以为然地摇着头,但荒妹却觉察到他对这个青年是有好感的,心中暗暗感到高兴。然而母亲的脸色却很难看,她皱着眉头说:"他,可是个不大安分的人!……"

荒妹早就听说过荣树为限制社员养鸡的事同八队队长(他的叔父)吵起来,有人说他太狂,不服从领导,等等。但她从没在意。今天母亲这样说,使她生起气来。想分辩几句,又看到母亲狐疑的眼光总在盯住自己,只好闷闷地低头吃饭,装出漠不关心的样子。晚饭后,母亲在房里对父亲嘀嘀咕咕,她听到门缝里传出了这样一句:"已经有闲话啦!要当心她走上存妮的路!……"

荒妹只觉得心头被扎了一刀似的,扑在床上哭了。她怨恨姐姐做了那种死了也洗刷不净的丑事,怨恨妈妈不明白女儿的心;她更怨恨自己,为什么竟会喜欢一个小伙子?这,是多么不应该多么可耻呀!"不要脸,喜欢上了一个男人!……不要脸!"她恨恨地骂自己,把脸深深地埋在被子里,不让伤心的哭声传出来。

她下定决心,从明天起,再不理睬他!有什么事,让他找副组长去!他会觉得奇怪,觉得委屈吗?随他去吧!谁让他是个男人呢!……

过不了多久,她真的恨起荣树来了。那是偶然在队部听到许瞎子说:"荣树这孩子真不知天高地厚,又跟副书记吵起来了!"有人问:"为了什么?"许瞎子说:"哼!他要为小豹子申冤呢!"

"什么?!"荒妹大吃一惊,几乎喊出声来。小豹子被判刑,是自作自受,罪有应得,并不是什么冤、假、错案,翻不了的。——这几乎是人们共同的看法,荒妹不可能有别的看法。由于姐姐的死,她只有对小豹子更多一份仇恨。可是荣树,一个共产党员,一个她所尊敬的团支部书记,怎么会为小豹子这样的坏人讲话呢?他同情小豹子?还是得了家贵夫妇的什么好处?……她气得发抖,要去当面质问荣树。但当她在三亩塘边,看见荣树憨笑着向她迎面走来时,那股勇气又倏然消失了。那件事怎么说得出口?又怎么好对他说呀?于是忙转过身,装作到别的地方去,绕了个大圈子回到了家。接着,她又后悔起来……

就这样,气他、恨他、不睬他、害怕他,又不由自主地想念他……交替地变化着、矛盾着。这就是十九岁的农村姑娘的心。

如果把这说成是爱情,那么,对于生活在别的地方的青年男女们是难以理解的。但荒妹是在天堂九队这个本县角落的角落里。这里的姑娘,在荒妹的这个年龄,也多半有过像荣树和荒妹那样隐秘的爱情、矛盾和痛苦。然而不久就会什么都消失了,平静了。——来了一位亲戚或者什么人,送了一件葵绿色或者玫红色的毛线衣,进行一番大体相似的讨价还价而达成了协议。然后,在某一天,由这位亲戚或者什么人领来了一个小伙子,再陪同这相互不敢正视一眼的双方一起去吴庄或者什么地方,照一张合影相片。到了议定的日子,她就离开了父母,离开了这个角落……

这是一条这里的人们习以为常并公认为正当的道路,却被今天大会的报告人说成是"买卖婚姻"。他还说什么"爱情"!姐姐和小豹子,那叫"爱情"吗?不,不!那是可耻的、违法的呀!那么,难道还有什么别的路吗?——荒妹感到茫然。她不能不想到荣树。此刻,他就在她的身后,默默地陪她同行。同来开会的女伴都去供销社了。寂静的山路上,只有他们俩。她听到自己怦怦的心跳。

忽然,荣树站住了脚,放眼四顾,用浑厚的嗓音唱起歌来:

我爱这蓝色的海洋,
祖国的海疆多么宽广!……

荒妹吓了一跳。但听着听着,热情奔放的歌声感染了她,她不由自主回过头,露出赞许的微笑。

"看着山上的这片松林,我想起了大海啦!想起了在军舰上的日子!……"他自语似的微笑着说,"看看海,心里就会觉得宽阔起来。要是乡亲们都能看看海,该多好呵!"

荒妹笑微微地听着。她的警惕在悄悄地丧失。

"荒妹,你去前街了吗?集上卖鸡蛋、卖蔬菜的,没人撵了!知道吗?农村政策要改啦!山坡地一定得退田还山,种梨树。山旺大叔这位好把式又要发挥作用啦!先在你家自留地上栽起树苗来!……"他说得很零乱,也很兴奋,"山旺婶身体不好,可以砍些荆条在家编篮子,换点零花钱。你大妹妹明年可以出工了吧!两个小妹妹可以放几只羊!……我有个战友在公社当干事,他告诉我,很快就要传达中央的文件,要让农民富裕起来!……你不信?"

他两眼闪着乐观的光芒,声音像淙淙溪水,亲切感人。荒妹没有相信这些话。对于富裕起来,她从没有抱过希望,甚至根本没有想过。从她懂事以来,富裕之类的话总是同资本主义连在一起遭受批判的。使她激动的是荣树这样清楚地知道她的家庭,并且这样关心。他就是用这个来回答她的冷淡、戒备和怀恨的!她愧疚了,觉得脸上在发烧……

"是啊!不富裕起来,一辈子过着穷日子,就什么也谈不上!"他深为感慨地摇摇头,"就拿小豹子来说吧,能全怪他吗?穷、落后、没有知识、蠢!再加上老封建!老实巴交的小伙子,下了大牢!你姐姐,就更冤啦!……"

一听他说起这个,姑娘顿时觉得受了羞辱。她愤愤地瞪他一眼,吼道:"不许你说这个!不许你说我姐姐!……"

她竭力忍住快要流出来的眼泪,猛地冲上山顶,放开大步向下奔去。弄得荣树莫名其妙。

四

走近家门,天已经完全黑了。她的心情也渐渐平静下来,小妹妹老远就喊她,向她扑来。紧接着母亲也迎了出来,脸上挂着喜气洋洋的笑容。这使荒妹感到奇怪。贫困、操劳和多病的母亲过早地衰老了。特别是姐姐的死,使她的脸上除了愁苦之外,只有木然的发愣的神情。发生了什么值得她这样高兴的事?

"快,快去看看你的床上!"母亲几乎笑出声来。床上放着一件簇新的毛线衣,天蓝色的,在幽暗的煤油灯下发出柔和的诱人的光泽。

荒妹抓在手里,还没有来得及感受到它那轻柔和温暖,就立即像烫了手似的甩开了。她吃惊地喊:"谁的?"

"你的!"母亲正从锅里盛出热气腾腾的玉米粥,神采飞扬地瞟她一眼说,"你二舅妈送来的……"

"二舅妈?!……"荒妹打了个寒噤,两腿发软,颓然坐在床沿,呆住了。二舅妈前不久来过,同母亲嘀咕了老半天,一面不断地上上下下打量着她。她当时就敏锐感到那眼光里好像有什么神秘的意味。果然,现在送了毛线衣来!……

母亲挨着她坐下,用难得的柔声说:"是二舅他们吴庄三队的,比你大三岁。他哥哥在北关火车站当工人,一月拿五十多块……"

荒妹感到冰冷的汗水在脊背上缓缓地爬。她浑身颤抖,耳边"嗡嗡"直响,什么也听不清了。

"我不要!"她挣扎地喊,"不!我不要!"

她把毛线衣扔向母亲,母亲却仍然微笑着拉住她说:"又不是现在就要你过门!端午节来见见面,送衣裳来。十六套!……订了婚,再送五百块现钱!"

"不,不,不!"一种耻辱感陡然升上荒妹的心。她感到窒息的恐怖。她不知该怎么办,只有让委屈的泪水急速地流出来,只有愤愤甩开母亲抚慰的手臂,跑开去。

门口,站着心情沉重的父亲和三个睁大眼睛呆望着她的妹妹。她捂住脸,冲出了门,站在院子里,依着塌了半截的猪圈的土墙,大声地哭起来。

"怎么啦?怎么啦?"母亲急急地跟出来,拉起她的手,"荒妹,你是个懂事的孩子。咱家有啥?妈有病,三个妹妹光知道张着嘴要吃。养猪没饲料,喂了半年多,连本也没捞回来!攒几个鸡蛋拎上街,挨人撵来撵去,心里慌得像做了贼。去年分红,又是超支,一分现钱也没到手。我想给你买双袜子都……"

母亲又啜泣起来,数落着:"你姐姐不争气,这个家靠谁?房子明年再不翻盖实在不行了。欠着债,哪有钱?二舅妈说,五百块钱一到手,说……"

"钱,钱,"姑娘激动地喊,"你把女儿当东西卖!……"

母亲顿时噎住了。她浑身无力,扶着半截土墙缓缓地坐倒在地上。"把女儿当东西卖!"这句话是那样刺伤了她的心,又是那样地熟悉!是谁在女儿一样的年纪,含着女儿一样的激愤喊过?是谁——唉唉!不是别人,正是她自己呀!……

被爱情遗忘的角落

那是在土改工作队进了吴庄的那个冬天，菱花去看歌剧《白毛女》时，认识了憨厚、英俊的青年长工沈山旺。从那天起，她突然明白了平时唱的山歌里的"情郎"一词的含义。十九岁的菱花不仅勇敢地参加了斗地主的大会，而且勇敢地在夜晚去玉米地同她的情郎相会了。可是她原先是父母做主同北关镇杂货铺的小老板订了婚的。男方听到风声送了五十块银元来，硬要年内成亲。菱花大哭大闹，一反常态。公然承认她自己看中了靠山庄的穷小子，公然宣布跟他进山里去受苦，一辈子不回"老封建"的娘家门！把父母气呆了，关起房门又骂又打。她哭着，闹着，在地下滚着，把银元抛撒一地。激愤地嚷："你们，是要把女儿当东西卖呀！"

那是反封建的烈火已经把"父母之命、媒妁之言"连同地主的地契债据一起烧毁了的年代。宣传婚姻法的挂图在乡政府门口的墙上贴着。舞台上的刘巧儿和本村的童养媳都是菱花的榜样。憨厚、英俊的沈山旺捧着美好、幸福的前途在等待着她。菱花有的是冲破封建枷锁的勇气！

"他们，要把女儿当东西卖！"第二天，在刚刚粉刷一新的乡公所里，不需要任何别的，只凭她菱花这一句话，土改工作队就含着鼓励的微笑，发给她和山旺一人一张印着毛主席像的结婚证……

万万想不到今天，时隔三十年的今天，女儿竟用这句话来骂自己了！

"这是怎么回事？日子怎么又过回头了？……"她感到震惊而惶惑，慢慢抬起了头，仰望着暮冬的夜空。几颗寒星发出凄清、黯淡的光，讽嘲似的向她着眼。她仿佛忽然得到什么启示似的一颤，捶胸顿足痛哭起来。一面喃喃地自语："报应，报应！这就叫报应呀！"

她干枯的双眼里涌出了浑浊的泪。里面饱含着心灵深处的苦恨。她恨荒妹，恨存妮，恨她们的父亲。她恨自己的苦命，恨这块她带着青春和欢乐的憧憬来到的土地，这块付出了大半生辛勤劳动、除了哀愁什么也没有给她的土地！……

荒妹反而镇静起来，劝慰母亲说："妈！公社街上，卖鸡蛋、卖菜的没人撵啦！你可以砍些荆条编土篮拿去卖。妹妹可以去放羊。山田改了种果树，爹是个好把式……要让我们农民富裕起来！荣树说的，中央有这个文件！……"

"文件、文件！今天这，明天那！见多啦！见够啦！俺们不照样还是穷！荒妹，妈不愿意叫你像妈这样过一辈子呀！"母亲抽泣着，也渐渐平静下来，"孩子，你是个懂事的姑娘。妈看出来，荣树对你有心，你也看着他中意。可你想想，吃不饱饭，这些都是空的哟！你妈悔不该当初……咳！如今得了报应啦！……"

风停了。妈妈衰弱的身子依着荒妹。母女俩无声地呆坐着，各自沉浸在自己的心事之中。

"妈，你回去吧！"荒妹低声说。她的眼睛向八队的那一片村舍凝视着，探寻着其中的一间房子，"我还有点事！……"

然后，她倔强地向三亩塘的方向走去。刚才发生的事，使她突然聪明了，成熟了。一切成见，包括要为小豹子申冤这样使她强烈反感的事情，现在都觉得合理了。她相信荣树是会讲出他的道理来的。他知道得很多很多,甚至连大海都知道!那么,他所深信不疑的要让农民富裕起来的文件,荒妹又有什么可怀疑的呢?他一定还会给她出个最好的主意,告诉她该怎么办!

三亩塘的水面上,吹来一阵轻柔的暖气。这正是大地回春的第一丝信息吧!它无声地抚慰着塘边的枯草,悄悄地拭干了急急走来的姑娘的泪。它终于真的来了吗,来到这被爱情遗忘的角落?

1979年10月

(原载《上海文学》1980年第1期)

未亡人

张 弦

亲爱的维明：

分别已经整整十二年了。今天就是那个分手的日子。十二年来，我写过一封又一封的信。明明知道你已经永远不可能看到的了，还常常忍不住要写。要知道，对于孤寂的人，对于思念的人，写信是一种安慰，一种寄托，一种心灵的满足。当我面对洁白的信纸，用笔尖梳理我纷乱的思绪的时候，你就来到我的眼前，我的身边。我搂着你，在你耳旁倾诉那只有对丈夫才说得出口的最隐秘的感情……呵，亲爱的维明！只有你才了解我是个多么柔弱的女人！

今夜，月色朦胧，米兰的幽香在窗前轻轻浮动。一切又和十二年前一样。我清晰地记得：你缓缓地整好衣领，缓缓地拎起旅行包，走到门边，你站住了，像在思索忘记了什么。是的，你忘记去吻别兰兰和望望。也许，你不愿惊醒他们，不愿意让孩子们知道爸爸走了，爸爸那样屈辱地跟着两个不三不四的人走了。当时我很镇静，默默送你下楼，送你出了院子，默默望着那辆北京吉普消失在朦胧月色的尽头。但当我回转身，看见窗户的玻璃上贴着两张惊慌的、变了形的小脸儿时，我的泪水就再也忍不住了……

兰兰现在已是个熟练的车工了。一年前就瞒着我陷入了热恋之中。对象就是你老战友老史的二儿子，市话剧团很有前途的青年演员。两人正忙碌着筹建小家庭。望望是前天走的。他考取了清华，总分为本市第三名。你一定能想象得出他仰着脸那洋洋得意的神情。这些天，他匆匆忙忙，跑来跑去。向叔叔伯伯们报喜，草草完成他的自画像留给姐姐作纪念，安慰那个落了榜的、有一对水汪汪的大眼睛的女同学，把高考参考书一本不缺地送给她……是啊，孩子们已经羽毛丰满，他们要离开狭窄的老窝。晴朗的蓝天等待他们飞翔。他们顾不上或者根本没有想到要去安慰守在旧窠里的孤独的老鸟。当兰兰爽朗地声称她"个人问题"已经"定了"的时候，当望望装出老练的旅行家姿态，把帆布箱塞到列车行李架上的时候，他们都奇怪妈妈为什么落泪。他们怎么能理解妈妈的心啊！

我的心只有你理解，亲爱的维明，只有你。而现在，还有一个理解我的人，那就是他！

哦，我应该先告诉你，他是谁。正是为了这个，我才给你写这封信的呢！

此刻，你的遗像就在我面前。隔着玻璃，你微笑着，温和地望着我。我总觉得这微笑里含着讽刺，使我感到一种难言的内疚。亲爱的维明，是我错了吗？是我不应该吗？告诉我，不要用市委书记对部下的腔调，也不要以丈夫对妻子的语气。维明，作为朋友、同志，请告诉我，你的心情，你的想法，你的主意……

你从来没有见到过他。在我们共同生活的日子里，他是不存在的。你在为这个二十五万——后来是四十万——人口的城市忙碌着。工业、农业、财贸、会议、决定、蹲点……你几乎没有时间关心自己的家，关心你年轻的妻子。像他这样个普通公民，在你心中是没有位置的。要说有，那就是二十五万或者四十万分之一，微小得接近于零！

维明！还记得我和你是怎样见面相识的吗？还记得在1954年迎新舞会上，李院长把我这个十九岁的护士学校毕业生拉到你面前时，我那羞怯的神情吗？还记得你迈着笨拙的舞步时，我的手在你宽大的掌握之中不住地颤抖吗？……

我和他的第一次见面，就全然两样了。我几乎没有觉察他的到来。

"周良蕙同志……您的信。"想必他敲过门，想必我答应了一声。但我没有觉得，我正沉浸在焦虑和思念之中。他低声说了一句，生怕打扰了我，把信放在门边的桌子上，轻轻地走了。我转身时，只见一个绿色的背影。

他送来的正是你的信。你被带走后第一封，也是你一生中最后的一封信。信上，你写了多少如今想来是多么可笑的话呀！什么"要在文化大革命的烈火中经受考验"啦，什么"造反派的大方向始终是正确的"啦，还抄了大段大段的语录，一笔不苟。只有最后那一句话，打动了我，并从此深深地印在我的心上。那就是："你要坚强！"

对，我要坚强！兰兰十二，望望八岁，他们需要坚强的母亲。我们的家，需要坚强的主妇。前途莫测的你，需要同舟共济的、坚强的妻子。暂时混乱的、涣散的党，需要坚强的成员……我要坚强，一定！眼泪就在这一刻干了，我挺起身来迎接每一个苦难的日子。直到今天，已经十二年了。亲爱的维明！

我望眼欲穿地等你的信，也就望眼欲穿地盼着他的到来。这时，我才知道"绿衣人"这个诗人笔下的词儿，有多么崇高、伟大。但这个绿衣人总使我失望。他每天准十点半到来，照例轻轻敲门，并不进屋，把经常印着巨幅相片和套红大字标题的当天报纸放在门边的桌上。每当他的视线接触到我期待的眼神时，便愧疚地垂下头。好像没有信是他的过失。

终于有一天，他不到十点就来了，急匆匆进了房间，兴奋得脸色通红。我激动地接过信，但那是杨丽丽的笔迹——还记得我最要好的护校同学吗？那个身材苗条、为了爱情甘愿从省会调到山区的漂亮姑娘——她热烈地向我问好，劝我不要过于焦虑，"大书记的解放"指日可待。还邀请我到她的"平静的小县城"去散散心……我一定是露出了笑意。因为他站在门口，并没有走，像得到很大的安慰似的微笑了，露出两颗讨人喜欢的虎牙。

"谢谢你，请进来坐一会儿吧！"我说。

他摇摇头，走了。

但他那微笑却留下了。

啊，微笑！在"红色恐怖"笼罩的年代，在人与人之间都不得不蒙上橡胶薄膜假面的岁月，在我这个书记夫人一夜间沦为"叛徒臭老婆"的日子里，真诚、友善的微笑是多么可贵、多么可亲啊！

直到今天，真诚友善的微笑也不是在每个朋友脸上都恢复了。我们未来的亲家老史的微笑，近来常常使我窒息……

亲爱的维明！我记得你最初的微笑。它是充满自信和富于魅力的。当李院长悄悄告诉我，你是市委最年轻最能干的副书记，才三十五岁，妻子不久前病故，至今还单身一人的时候，我立即敏锐感到你的微笑里隐藏着什么感情。但我来不及思考，来不及审视，甚至来不及犹豫，你就老练地、轻而易举地征服了我。如同顽皮的孩子征服一匹柔弱的小猫。我们只恋爱了——如果也可以说是恋爱的话——三个月，婚礼就安排停当了。而你，后来还取笑地说："怎么，三个月还嫌少吗？"

哦，我和他的感情，却经历了多么漫长的凄苦的岁月！

你去世的第二年，兰兰下了农村。她很懂事，很精明。混乱的年代催她早熟了。但她毕竟还是个刚满十六岁的孩子呀！我读着她寄自农村的第一封信时，几乎哭出声来。

"兰兰怎么样？想家吧？需要点什么？要不，您这就给她回封信吧！或者寄个包裹？我带走。可以赶上今天的邮班的……"

他焦灼地注视着我。站在一旁，搓着手。不知道怎样才能给我一点帮助……

维明，你从来不曾有过这样的神情。你给我的帮助完全是另一种方式。结婚前一个月，我的入党申请就被通过了。怀了兰兰，就把我调出病房，到秘书科管文件。以后到了宣传部，从干事升为副科长。第一期"四清"结束，我被任命为市委办公室副主任。我一向要强，工作兢兢业业，时刻怕丢你的脸。

我天真地认为这样的提拔是自己努力的结果。直到1965年我去医院住院,遇见我同班同学小张——她仍是个值班护士,而且彬彬有礼地称我为"周主任"——时,我才强烈地意识到,我地位的改变,正合一句古话,叫"夫贵妻荣"!

"别胡扯啦!"你一定会不满意地拉长了腔调,"这是帮助你进步嘛!"是的,在政治上你对我要求很严,常常告诉我上级的精神、意图,教导我怎样避免犯错误。"就仅仅这一些?"是的,不止这些。你还是一个好丈夫:知道我爱花,你叫花匠师傅送来了米兰;知道我爱书,你让书店按时拿新书来给我挑;知道我爱美,你同意我买几件经过慎重考虑和选择的衣裳;你还知道我爱你,常常抽出时间来同我亲热,给我以丈夫的温存和爱抚……你把这一切都说成是爱。可是,这样的爱是多么不平等啊!它只不过是居高临下的一种恩赐罢了!

第一次跟你去参加宴会造成的小小的不快,使我终生难忘。在莅临本市的省委书记和他的夫人面前,我确实惶恐不安,手足无措。轮到我敬酒时,我不会讲得体的恭维话而显得窘迫和笨拙。夫人们窃窃议论起来,因为我是"小护士"出身,投来了鄙夷的眼色。我如坐针毡,恨不得长上翅膀飞出这华丽的大厅。当我求助地望着你时,你却故意转过脸去。那神情分明在斥责我:"小家子气!"

这一夜,我偷偷地哭了。恨自己给你丢了脸!以后,我努力地学着同那些踌躇满志的、处处流露出优越感的夫人们周旋。尽管在心里,我是那样厌恶她们。于是,你满意地夸我"进步了"。这当然是你帮助的结果!……

而他,一个普通公民,一个卑微的绿衣人,他能帮助我什么呢？送信来，带信走；还有包裹和汇款；用自行车推着孩子去看病；休假日给我修补房顶……如此而已。一切都太平常了，平常得就像水一样。然而，在自来水龙头上哗哗流淌着的，和无垠的沙漠中一洼清泉里涌出来的，难道是同样平常的水吗？

仅仅是同情吗？仅仅是友谊吗？不，在同情和友谊的深处，闪烁着真诚、善良和美好的火花。虽然微弱，却足以照亮生活的信念。看吧：真诚存在着，善良和美好存在着，那么真理也一定存在着。不是在背后，而是在我们的前面！……

亲爱的维明！去年秋天，长眠地下的你终于被"落实政策"了。我也随之而结束了长期"靠边"无所事事的日子。当我把恢复工作的消息告诉他时，他长长地吁了口气，粲然笑了，露出两颗虎牙。这天，他破例在我家吃了饭。"为你的新生活，干杯！"将葡萄酒一饮而尽。临走时，他凝视着窗前的米兰，眼神忽然忧伤起来。

哦，米兰。这不是你叫花匠送来的那盆，它早在你离开人世的那年枯死了。我不忍把枯枝扔掉，常常望着它蜡一般的黄叶出神，好像总有一个春天它们会重新变绿的。这一切，他都注意到了，不，他比我自己更理解我的心。一个春末的夜晚，他捧着一盆青葱的米兰，搁在门边的桌上。"自己栽的……"他微笑着，羞怯地、探询地望着我，"你……不会拒绝吧？"我感动得不敢看他，生怕不听话的眼泪会夺眶而出。两眼只牢牢地盯住那每一片都充满了生机的嫩叶……

我回到市委大楼去上班了。这里的一切都如此熟悉又如此陌生。成堆的问题和困难，三倍于此的牢骚、闲谈、疏懒和不负责任。我每天带着深深的苦恼回到家里。这苦恼里也包含着我自己还不敢正视的惆怅：不能像过去那样每天可以见到他了。

这个星期日，我一早就等待着他的到来。我要在不影响他工作的十分钟或者一刻钟之内，谈谈这一星期的种种感受。好不容易，熟悉的自行车铃响了。"拿报！"一个姑娘的清脆的嗓音，隔着院子喊。

"怎么？他呢？病了吗？"我奔下楼去，急切地问。

"我师傅吗？他跟我调换了邮递区，送北市区了……"

他不再来了。那真挚的、露出讨人喜欢的虎牙的微笑，再也见不到了。

啊，维明！当我沦为"不可接触的贱民"，挣扎在凄风苦雨之中时，他无声地给我送来亲人的消息，送来温暖、光明和芳馨。如今，当我恢复了副主任的职称，当房产处长热情地要给我分配新房，五金公司经理执拗地送上市场奇缺的蜜蜂牌缝纫机，水产门市部的大组长"顺路"捎来了新鲜鲥鱼，妇联主任郑重地要"代表全市妇女"提名我挂副主任的衔……这时，他，无声地走开了。

啊，当自来水的龙头重新接通，两角钱一立方的、经过沉淀和过滤的水任你尽情享用时，沙漠里的那一洼清泉，潜入了地层……

我记起我曾问他为什么还不成家。他苦笑一下："我出身不好。"

"现在，这不成为问题了。"

"可是，谁会看上一月三十八块、年龄三十八岁的邮递员呢？"

当时我安慰他说，人的价值不是以出身、地位和工资来衡量的。像他这样的好人,总会有个好姑娘会爱上的(我说得很诚恳,但被他讥诮的眼神制止住了)。而现在,我发现,爱上他的不是别的什么好姑娘,恰恰是我自己!

我是多么惶恐和慌乱呵,亲爱的维明!我立刻拼命否认,拼命自责。不,不!这不可能!这不现实!这不正常!这不应该!我已经四十三岁了!孩子们都这样大了!我是一个共产党员!我是已故的市委书记的妻子!我要珍重自己和亡夫的名节!……我站在你的遗像前,默默地祈求你原谅。

你含笑地望着我。"你要坚强!"你说的是,我要坚强。我必须克制自己这种错误的感情。我应该把全部精力投入工作。我主动承担起复查办公室副主任这副使多少干部退避三舍的担子。于是,接待、解答、调查、讨论、争执、同情、生气、焦灼、催促、责备……充满了我的生活。我得罪许多上级,许多你的和我的朋友。我用这副担子把自己压得喘不过气来。

在重重阻力的复查工作中,老史是我最有力的支持者。他现在仍是分管组织工作的副书记。经常在不同的场合赞扬我是个坚强的女性。但总不免要把我和你联系起来。"她不愧是我们老书记维明同志的爱人!"这由衷的褒奖使我愧疚。因为只要有片刻的宁静,我眼前总会浮现他那露出虎牙的微笑,那凄苦日子里给我勇气的微笑。我无力赶走它。

亲爱的维明!年轻的时候,我听人说过寡妇的痛苦。为了排遣空虚和孤寂,她每天晚上把一百枚铜钱抛撒在地上,吹灭了灯,一个一个地摸索着捡起来。直到一个不少装入钱袋,才精疲力尽地睡去,这样,当她与人世告别时,她能以一百枚摸得晶亮的铜钱证明自己苦守的高德,而自慰、自豪地死去。

如今，当孩子们不再依恋于母亲的怀抱，当朦胧的月色斜照在床头，米兰的幽香飘拂在窗前，而寂寞和孤独噬蚀着我的心灵的时刻，我想起了那个古老的故事。难道要我也关上电灯去摸索那一百个泪血斑斑的"贞节钱"吗？不！让那些寡妇自慰而自豪地死去吧！我需要爱情，我需要丈夫——不是遗像，而是活生生的男人！我愤愤地自问：为什么这不可能，不现实，不正常，不应该？我不是还只有四十三岁吗？为什么共产党员不以破除反而以恪守封建道德为荣？为什么要把我的幸福锁在令人尊敬的骨灰盒里？

爱情的折磨使我充满了勇气。我终于趁调查邮电局一项错案之便，毫不费力地打听到了他的住址。周末的傍晚，我洗了头，换了衣服，在镜子里仔细地打量了自己。是的，我并不老。脸颊上甚至还泛出了青春的红晕……临走前，我还偷偷地洒了几滴女儿的香水——啊，原谅我，亲爱的维明！我变得多么不知羞呵！

我找到了那间他和老母亲同住的简陋的小屋。我不敢看他惊喜的神色，尽力装着若无其事的样子，说我完全偶然路过，顺便看看他。以随便的口气问他为什么不再去我家玩了，问他"个人问题"怎么还不解决……总之，说了许多傻话，一面感到自己的脸在发烧。我知道他的目光注视着我，再逼真的伪装也逃不过他的眼睛。我坐不住了，匆匆告辞出来。

他送我走上僻静的小街。初夏的晚风滋润着我的心，使它变得更加年轻、欢快和敏感了。我期待他说话。随便他说些什么，都会令我感动。但他神情抑郁，一言不发，沉思着。

突然，他苦笑一声，说：

"怎么理解你的光临呢？你现在又是主任了……恩赐吗？我不需要。"

我怔住了。恩赐！多么伤人心的字眼呀！难道职位的变化，注定要带来感情的变质吗？但我无力辩解，只呆呆地望着他，只觉得浑身冰凉。只觉得顷刻之间，我和他所站立的土地中间裂了缝，迅速地向后移动，形成一条深深的峡谷。

我被误解了吗？我受委屈了吗？我失望了吗？……不呵，维明！对于热烈地爱着的人们来说，这算不了什么！而恰恰是他那男子的矜持，他那人格的尊严，猛烈地撞击着我。他比我所了解的他更值得尊敬、珍贵和倾心！哦，宁肯抛弃最起码的自尊，我也要打破他的偏见！即使是真正的峡谷，我也要毫不迟疑地勇敢地越过它！

第二天一早，我又出现在他家门口了，家里没有人，他一定上班去了。我沮丧地转回头。刹那间，一股熟悉的、亲切的幽香唤住了我。哦，米兰！饱吸了露水的细小的花蕊和绿叶，正在向我微笑呢！它那无声的解释，是多么详细多么感人呵！……

维明！我和他终于悄悄地恋爱了。但我们的恋爱是多么艰难哪！我们不敢公开在马路上散步，不敢一块儿去看电影，不敢关上房门谈话，甚至不敢在措词中突破自己设下的防线。不用说，更不敢在被偷走了灯泡的楼梯拐角紧紧地捏一下对方的手了。一切年轻人表达爱情的自由，我们都没有，都不敢去争取。我们只能交换燃烧的眼神，倾听幸福的心跳……

就这样，也是不被容许的呵！

两个星期以后，老史以闲谈的方式向我做了警告。先是对我的处境表示关心，一再夸赞我是个贤妻良母的典型，在局处级干部中如何受人敬重,如何维护了"维明书记"的威望,等等。甚至使用了"保持晚节"之类的自以为俏皮的双关语。最后,他微笑着说:"有些流言,说有个邮递员,比你小五岁……当然,纯属谣传!我相信你……"

他虚伪的、道貌岸然的微笑令我窒息。

维明!记得在我俩的婚礼上,在丧妻的市委副书记同比他小十五岁的小护士的婚礼上,他的微笑是多么真诚呵!何止是他,所有的来宾,有谁不认为我俩的结合是美满良缘呢?

我毫不掩饰我的愠色,没等老史说完,就站起来走了。下了班,我慢慢地走回家,一路思忖着如何对付他们。没想到家里等着个客人:老同学杨丽丽!

她几乎一点也没有变。还是那么苗条、漂亮、爽朗。她热情的拥抱顿时驱散了我心头的不快,多么盼望有个知心朋友听我一倾衷曲呵!

"怎么?还在当寡妇?打算挣个贞节牌坊呢,还是心如古井了?"她亲昵地端详着我,"不老,你并不老呵!犯不着那么傻。良蕙!当初你不是最聪明的吗?我们都沉醉在五十年代的传统观念里,幻想着纯洁的、真诚的爱情,你却悄悄地嫁了个大书记!嗨,那时我们还好一阵议论你呢!后来想想,你聪明,你做得对。"

"不,不!丽丽,"我急忙分辩,"当时我相信,今天我仍然相信:纯洁的真诚的爱情是存在的!"

"得啦!"她讥讽地一笑,"我可看透了。花前月下、海誓山盟,一个钱也不值!……"

"怎么?你和你那位一见钟情的小医生闹别扭了?"

"离了！孩子归他。趁着还不太老，我另找了一个。"

我吃了一惊。这时，窗外传来小轿车的声音，接着是司机恭敬地喊："老杨同志！……"

"来了，来了！"她瞥一眼腕上的小金表，"我得走了，老头子一刻也离不开我。哦，有事给我挂长途：省军区总机转王副政委家。良蕙，想开点！别老闷在家里，到省城来散散心！我的家比你们市的宾馆舒服多了！"她拎起华丽的手提包，一扭身，急匆匆地走了。乳白色的高跟鞋发出怡然自得的响声。下楼时，她搂着我的肩说："他比我大整二十，大女儿跟我同年。老头子身体可壮实啦……"眼珠一转，又凑到我耳边，讲了两个生理学方面的拉丁语专用词，便哈哈大笑起来。

我飞红了脸，一点也笑不出来。我直想哭。我真怀疑，那熟练地钻进小轿车的，是不是我的老同学杨丽丽的背影！

告诉你，维明！老史找我谈话的第二天，我的罗曼史就成了市委大楼的头条新闻。飞快地在走廊、食堂、厕所、办公室，甚至讨论"实践标准"的会场上流传。从耳朵到嘴巴，再从嘴巴到耳朵这短短的距离中，新的情节不断被绘声绘色地创造出来。正当的爱情变成了不堪入耳的秽闻。那天我走过妇联门口，里面正大声议论着"那个骚女人"，笑得最响的就是那位自称"代表全市妇女"的主任！

组织部对此事的反应是迅速的。找我谈了话，说是考虑到"维明书记"在全市人民中的威望，要安排我担任市政协第十一位副主席（不知道是不是老史的主意，但他一定是赞成的）。很明显，他们认为我继续在市委工作将有损这幢大楼的尊严了。他们对这个问题的敏锐、关切和果断，比起批复一个最明显的错案来,至少要超过三十倍!

不过,十年浩劫毕竟并没有白过。被公开辱骂为"叛徒的臭老婆"我都挺了过来,背后那些喊喊喳喳的诽谤还有什么受不了的吗?恰恰相反,流言、非议和压力对于我和他的爱情来说,正如用酒精来灭火。他来不及听完我愤懑的叙述就冲到我身边,把我拥在怀里,颤抖地说:

"我们结婚吧!……"

"越快越好!"我颤抖地回答。

我们灼热的嘴唇相遇了。我们滚烫的泪水在紧贴着的面颊间汇合了。

这是我的第二次爱情吗?不,维明!这是我的初恋。爱情本该如此,也只能是如此的呵!

什么办公室主任!什么第十一位副主席!什么局处级、新房子以及其他等等待遇!包括共产党员这个光荣的称号(现在竟痛心地被人叫做"党票"了!)在内的一切本不应该属于我,而由于你生前的地位或死后的影响所给予我的恩赐,都请收回去吧!让我回到卑微的小护士的岗位吧!这只能使我彻底摆脱"夫贵妻荣"的耻辱枷锁而还我以独立的人格、女性的尊严和爱情的权利!

我要勇敢地这样喊。在组织部,在老史面前!

可是维明!当我未来的婆婆来到我的房中,老泪纵横地向我倾诉她的难言之隐时,我能喊出什么来呢?

"周……周主任,我们是一样的苦命女人呵!我家境清苦,在女子职业学校读书时,被一个军官看中了,做了他的'小'。解放的那年,他死了,丢下我们孤儿寡妇。过的什么日子，不用说，您清楚。……承您瞧得起我们，周主任。您的恩情我们母子一辈子感激不尽……您守寡多年。这苦处，我是过来人，我明白呵！可您已经熬出头了，儿女都成人了，这就要享福了……我那孩子真不懂事呵！高不成、低不就，三十大几了，还是个童男子呢！……他怎么能高攀您周主任呢？唉，他没这福分呵！……"

我望着她银丝般的白发，默默听着。我明白，她不愿意儿子娶个拖儿带女的寡妇。寡妇是不洁的。寡妇是不祥的。娶寡妇是不光彩的。——尽管她自己做了三十年不幸的寡妇！

我咬紧嘴唇。我在心里大声呼号："不，不！我是纯洁的！我是吉祥的！我要争取、创造并毫无愧色地享受爱情和幸福！我不要你们那一代寡妇的'贞节钱'，可敬的老人！"

他们那一代的道德理应死亡了。我不怕！

我怕的是下一代呀！我真怕我亲爱的孩子们呀！维明！

兰兰以少女的敏感最先觉察到了。多次用疑惑的眼光窥探我。一个晚上，我和他开着房门，各坐在隔着圆桌的两把椅子上，欣赏着舒伯特的小夜曲，兰兰闯了进来。

"已经九点了！"她"啪"地关掉收音机，"您该休息了，妈妈！"

她脸色铁青，两眼发出逼人的寒光。

她无礼地赶走了这位她曾亲热地依偎过的叔叔。她早已忘了，正是这位叔叔用自行车送她去医院，并整夜守在走廊上的临时病床边，她的急性肺炎才得以转危为安；正是这位叔叔把每一个包裹寄给在农村插队的她，附上他亲人般的祝福；用汗涔涔的手把她每封信带来，连同他真挚的关怀……

现在她和望望都再也不喊他叔叔了,代之以"那家伙"。流言不可避免地传进孩子的耳朵。那天我下班回家,听见望望直着脖子在嚷:

"我绝对不信!妈妈绝对不会这样不要脸!"

回答他的是兰兰的啜泣。

"要是真……真有这样的事,"望望把稚嫩的指关节捏得作响,"我就同那家伙拼刀子!"

我的心顿时蜷缩了。两手瑟瑟发抖,扶住门框,半天不敢进屋……

从那天起,兰兰一见我就甩给我个怨恨的背影。或者躲进她的房里,把门关得铁紧。望望则声称为了准备高考,索性住到他同学家去了。

我无言地忍受着孩子们的责备。我不止一次地准备同他们恳切地谈谈。我要请求他们理解和宽恕他们的母亲。母亲不阻拦你们追求幸福,可是母亲也是活生生的人,也同你们一样渴望幸福的呵!我把要说的话咀嚼了几十遍,但当着他们的面,我一句也讲不出口。我实在鼓不起这份勇气呵!我实在是怕呀!……哦,维明!只消孩子们一滴清泪,就足以浇灭母亲炽烈的爱情的火焰;只消儿女们一声叹息,就足以吹散母亲争取幸福的决心呵!

昨天深夜,兰兰披头散发,赤脚奔到我的床边。着了魔似的扑在我身上,哭喊着:

"妈妈,您究竟是为什么呀!妈妈!"她两眼红肿,使劲摇撼着我,"您是怕没人养您、陪伴您、照顾您吗?我们跟您一块过呀!我们养您、陪伴您、照顾您呀!……好妈妈,您再好好想一想吧！您看，您的女儿马上都要结婚了，您怎么能再嫁人哪？您受得了人家的闲话，您女儿、女婿、儿子怎么做人呀！妈妈，您替我们想一想吧！好妈妈，兰兰求求您，求求您啦！答应我们吧！……妈妈，这是女儿最后一次喊您啦，如果您真的要……"她上气不接下气的哭声撕裂着我的心……

哦，天哪，天哪！对于一个不幸的未亡人，一个柔弱的中年女性，一个虔诚的爱情的追求者，一个刚刚开始意识到人性的尊严的女子，你为什么如此苛刻、如此残忍呵！……

我再也没有力气写下去了。从傍晚起伏在桌上，整整一夜，我写着，流着苦涩的泪，面对你的遗像。叫我向谁去诉说这一切呢？只有你，维明！而你已经永远不会感知，不会回答。也许正因为你永远不会感知，不会回答，永远只会给我以温和的微笑，我才敢如此毫无保留地袒露我的灵魂吧！

此刻，晨曦初现，破晓已不远了。米兰向我格外殷勤地送来幽香。并非安慰我，只不过是它迎接光明的天性。那么我，又将如何迎接我的明天呢？

于是，我又希望在冥冥之中有另一个世界存在。你在那里能看到我这封纷乱的信。那个世界该不会有市委书记的威严和居高临下的恩赐吧！那么，以平等的朋友身份答复我吧！我在梦里等着你的启示！

良蕙　1978.9.15
1980年11月

（原载《文汇月刊》1981年第1期）

挣不断的红丝线

张 弦

司机轻轻地一按喇叭,庄严的铁门打开了。于是,车轮就沙沙地滚动在两旁有整齐的冬青的、洁净的水泥路面上。绕过花坛,在一座精巧的小楼前,轿车停了下来。这小楼同相邻的几幢一样,深隐在法国梧桐的浓荫之中。月光在它褐色的墙和红色的尖顶上,投下昏黄的斑点。

"到了。"司机转过头来礼貌地笑笑,就下车去揿电铃。坐在后座的傅玉洁拨弄着把手,好半天开不了门。司机忙从外面把车门开了。"注意碰头。"他微笑地关照这位显然对轿车很陌生的女客。傅玉洁不禁红了脸,掩饰地掏出手绢来擦了擦汗。一面环顾四周,诧异地想:自己在N市住了多年,竟不知道还有这样个幽静的所在。

"是小傅来了吗?啊,啊……"落地玻璃门里闪出一个胖胖的女人的身影,她几乎是跳跃着下了台阶,"嗨,小傅呀小傅!咱们多少年不见了?……"

"二十六七年啦,马大姐!"傅玉洁迎上前去。两个女人都等不及看清对方的面容,就急切地搂在一起了。多年没有听到过"小傅"这亲切的喊声,没有承受过热烈的友爱的拥抱,悲凉的泪水刹那间涌满了傅玉洁的眼眶……

少女时代的傅玉洁,是多么无忧无虑呵!一踏入大学校门,她立刻被火热的学生运动吸引住了。演讲,罢课,抗议,游行,营火会上朗诵艾青的《火把》,手挽手高唱"兄弟们向自由向太阳"……这一切,对于她这个刚离开沉闷的教会女中、充满幻想和冒险精神的十七岁的姑娘来说,是多么富于浪漫主义色彩呵!她参加了民主青年同盟的外围组织"青草社",把革命看得像演戏那样简单而有趣。槐花飘香的时节,解放军进了城。"青草社"空前地活跃起来。秧歌,腰鼓,慰问,联欢,化装表演《朱大嫂送鸡蛋》,三百人大联唱《解放区的天是明朗的天》……哪一项也少不了傅玉洁这个主角。她抛开了书本,心儿早已长了翅膀。她要飞,飞出狭窄的校园,到"真正的"革命天地去翱翔!

参军的热潮果然如愿地到来了。傅玉洁毫不犹豫地报了名,连夜写了封像电报似的简短明确的信给她父亲——一家私营银行的股东兼襄理:"我要走自己的路。"这句话的语尾,用了三个惊叹号以表示她不可动摇的决心。她扔掉了一切与革命军人不相容的衣服、书籍、化妆品,把缎面被子送给了看校门的老工友,将剩余的零用钱请"青草社"的同人吃了顿西餐,步履矫健,投入部队文工团的行列。

挣不断的红丝线

然而，为时不久，苦恼就降临了。不是由于艰苦的行军，迎着寒风在土台子上演戏；也并非因为生活会上严格得近于苛责的批评。对于傅玉洁她们来说，这些都是乐于接受的光荣考验。一句首长关怀的话，一杯老乡们慰问的清茶，都足以使她们激动得落泪，辛苦、劳累和委屈都顿时烟消云散。使这些女文工团员们苦恼的是另一回事：部队接管了A市之后，组织上考虑到几位年龄较大的干部的婚姻问题，派人在她们中间做些工作。

当组织股长马秀花对傅玉洁直截了当地说，齐副师长"相中了"她时，小傅一呆，惊慌地哭了起来。

"嗨！哭个啥？革命军人嘛！……难为情？怕丑！嗨，光明正大的事儿嘛！"马秀花严肃地说。她也是学生出身，上过一年初中，两年前参的军。参军不久就同吴政委结了婚，此刻，她以老大姐的口气开导说：

"老齐作战勇敢、坚决，立过两次二等功——这你是知道的。今年三十三岁，年纪是大了点。可你想想，他二十岁上参加了部队，打鬼子，打老蒋，把青春都献给革命啦！咱还能嫌人家老吗？嫌他没文化，就更不该啦！旧社会念得起书的都是啥出身？他没文化，正说明苦大仇深，立场坚定。再说，要不是人家出生入死解放了咱们，咱文化再高还不是替反动派卖命？……"

小傅的头垂到胸前，两手搓揉着手绢。

"嫌老齐长相不俊？小傅，对这个问题，也要有正确的观点。什么美，什么丑，不同阶级有不同的看法。他脸黑，那是风吹的，日头晒的，战火硝烟熏的！咱无产阶级看来，就是美！那些地主、资本家用劳苦大众的血汗养得白白胖胖的，才最丑不过的啦！小傅，我知道你们知识分子，讲究个什么爱呀情呀的，其实呀，都是些小资产阶级的调调儿！毛主席早就讲过，世上没有无缘无故的爱。一个人爱啥，恨啥，都是他的立场、观点所决定的。小傅呀，在这些问题上，你要很好地克服小资产阶级思想哪！……"

听完马股长的话，傅玉洁跑回宿舍，就蒙上被子啜泣起来。齐副师长是个好领导，性格开朗、爽直。对下级要求严格又和蔼可亲。一次她们去郊区演出，忽然变了天，刮起了大风。齐副师长立刻命令警卫员赶着马车送去棉大衣，又叫伙房准备酸辣汤。一直等她们回来，喝了汤，额头上出现了汗珠，他才放心地回去休息。傅玉洁对他是十分尊敬的，但从来没有想过要同自己的命运结合到一起。事情来得如此突然，方式本身又与傅玉洁这样的知识分子、这样性格的姑娘想象中的恋爱如此相悖，实在使她无法接受。一想到他那粗壮的胳膊要搂住自己的肩，他那黝黑的脸要贴近自己的面颊时，傅玉洁禁不住浑身战栗起来。不，不行！不行！……但她又立即意识到，这正表明自己的思想感情有问题。她冷静地追索，自己头脑里的爱情观是些什么呢？无非是一见钟情、卿卿我我、生死不渝等资产阶级文艺作品中的罗曼蒂克那一套。现在自己是个光荣的革命战士了，还正在积极争取入党，思想要彻底工农化。那些小资情调不坚决抛弃怎么行呢？她又想，齐副师长这样的革命干部，身上有多少值得学习的优秀品质！同他一起生活一定能得到很多帮助的。退一步想，就算是牺牲吧，像自己这样出身于资本家家庭的学生兵，为一个全心全意献身于解放事业的领导同志付出牺牲，不也是光荣的、有价值的吗？……她蜷缩在被窝里，哭哭想想，用几个月来所接受的全部革命道理，同自己作痛苦的斗争。

第二天，她把这件事和自己的矛盾心情一五一十地告诉了同房间的汪婉芬。小汪是她大学里的同学，大她两岁。不如她活泼、漂亮，但显得比她老成持重。胖乎乎的小圆脸上，常带着娴静的微笑。这位平时挺有主见的姑娘，一听这事也慌了神。合计了半天，她说："你不妨先同齐副师长接触一下，谈一谈，再说。"

这次单独谈话，安排在齐副师长的办公室兼卧室里。窗外，不停地有人探头探脑，嘻嘻哈哈。傅玉洁低头坐着，心慌意乱。老齐拿他的掉了瓷的茶缸，涮了又涮，给她倒了杯开水。又在抽屉里翻了半天，捧出一大把红枣、核桃来，搁在她面前。然后就憨厚地咧着嘴朝她笑。"小傅，咱们都是革命同志，对我有什么意见，可以提嘛！""你有什么看法和要求，大胆地讲嘛！"半个钟头，他说来说去就这么两句话。

回到宿舍，汪婉芬忙问："怎么样？"傅玉洁苦笑地说了声："还好。""阿弥陀佛，但愿你同他能成！"小汪叹了口气说，"刚才马股长来对我讲，要是小傅不愿意，小汪你要有个思想准备。我正急得团团转呢……"

傅玉洁一听，愣住了。啊，原来是这样！……她无力地坐在床头，心里说不出是什么滋味。晚饭的号声吹过了半天，她才懒懒地走到伙房，一个人蹲在灶边数米粒儿。只听有人揶揄地笑着说："恭喜呀！"原来是宣传股的干事苏骏。

苏骏原是大学中文系的学生，能说会写，出色的宣传人才。长得高高的个儿,白净的脸,一双含着笑意的眼睛。但傅玉洁她们都不喜欢他。他经常爱发议论、提意见,讲几句尖酸的怪话。生活会上老挨批评。在追求进步的女战士们看来,他是个典型的落后分子。傅玉洁一见是他,捧起碗就走。苏骏却跟在她后边,自言自语地说:"我想不通!不是总批评我们是小资产阶级吗?那为什么他们老革命不爱农村的无产阶级姑娘,偏要找小资产阶级小姐呢?不是总讲感情是有阶级性的吗?那他们这种感情又是哪个阶级的呢?……"

傅玉洁头一回听到这样的论调,心中一惊,觉得苏骏也太大胆了,又不得不佩服他的敏锐和尖刻。这几句话一下子道破了她苦恼深处的症结,同时也给了她一种反抗的力量。马秀花的以及她自己好不容易武装起来的新恋爱观,就在这一刻破了产。对,不干!拒绝这门讨厌的婚事!就拿这几句反诘马秀花!……

"嗨,到处打听,到处打听!省教育厅,市教育局,都居然不知道有个傅玉洁!笑话!"马秀花亲切地挟着她的胳膊进了客厅,"老吴调到这儿来了,年初正式任命的。你不知道?嗨,你还和当年一样,不关心报纸……"

柔和的灯光下,马秀花从容地打量了她的老部下,赞叹地说:"你不见老,一点儿也不见老!主要是没发胖。女人到了咱们这年岁,最糟的、最坏的、最要命的是发胖。你瞧,"她摆动一下自己的腰,"像水桶啦!系带儿的鞋早不爱穿啦,只能穿这种'一脚蹬'……噢,快坐,快说说,日子过得怎么样?这些年,你是怎么过来的?……"

傅玉洁微微一笑,没有做声。多年来,她已经习惯于以矜持的、若无其事的微笑来回答人们的关怀和问候了。而正因为如此,那笑容所掩饰不尽的无言的凄苦,就显得格外深沉,格外令人同情。

不过,无论如何,她得承认自己曾有过美好的岁月。尽管它是那么短暂,那么遥远,又那么使她怅惘……

离开部队之后,经过俄语师资班的学习,傅玉洁充满信心地登上了N市三十八中的讲台。朴素而入时的衣着,秀丽而庄重的仪表,傲岸而洒脱的风度,再加上流畅、悦耳、宛如小溪出涧似的语音,使所有的学生和前来旁听的同事们折服了。一课结束大家竟情不自禁地鼓了掌。傅玉洁羞涩地用俄语说了声"谢谢大家",低着头走出教室,兴奋得连点名册也忘在了桌上。

"这一仗打得漂亮极了!"一个熟悉的声音出现在背后。一回头,她惊喜地喊:"哟,苏骏!你怎么来了?"

苏骏也转了业,分配到报社当编辑。他递给小傅一张省报副刊的清样:"这是我的第一仗,可远远比不上你哟!……"

同在这陌生的城市,两个战友自然而然地接近起来。不久,他们就惊喜地发现彼此有着这么多的共同爱好。不论是舒曼的《梦幻曲》,还是贝多芬的《英雄交响曲》,都使他们如醉如痴。从此,柳絮飞舞的小径,荷香弥漫的游艇,黄叶飘零的园林,就少不了他俩的踪影。大雪纷飞的假日,如果没有赏梅的豪兴,便围着炭盆,一个用浑厚的低音朗诵《叶甫盖尼·奥涅金》,一个织着毛衣,不时发出柔声的叹息……所有在部队受到批评,也为他们自己所力图抛弃的知识分子的情调,现在都复苏了,萌发了,像发了酵的面团,不断地膨胀起来,供他们尽情地享用。三年之后,他们决定中断关于"结婚是不是爱情的坟墓"的无休止的讨论,怀着甜蜜的遐想布置起新房来。

新婚之夜,深情的、柔和的月光照到床前,苏骏关了灯,放起那张他千方百计买到的德累斯顿交响乐团演奏的《命运交响曲》。"洁,你听,你听!这是命运之神在叩门……"他紧紧拥抱着美丽的新娘说,"他敲得多么温柔,多么热烈呵!"

傅玉洁不由得想起马秀花同她谈话的那个夜晚。那不是命运之神第一次来敲她的门吗?声音却那么冷漠,那么粗暴!哦,幸而没有将门打开!她把头深深埋在苏骏的怀里,任凭欣慰的泪水流个痛快!……

"喝咖啡吧,小傅!"乌光闪亮的福建漆盘伸到她的面前。端盘子的是一位身材苗条、漂亮得令人炫目的姑娘。马秀花介绍说:"我的媳妇,文工团员。"小美人彬彬有礼地喊了声"傅阿姨",便退在一旁。

"听到你们结婚的消息,我们都议论开了。说实话,都不赞成!你准是被苏骏的甜言蜜语迷住了。那小子在部队的表现,谁不知道?后来他成了右派,谁也不觉得奇怪。只是都为你惋惜。老齐连连叹气,小汪还流了泪。老吴说,这小子老爱犯自由主义,上哪儿也躲不掉这顶帽子!……"

傅玉洁默默凝视着脚前的地毯。那上面橙黄色的鸡心花纹,倒过来看像只桃子,又像是一根绞索。苏骏那张惊慌而悔恨的脸,隐隐地出现在绞索之中……

"洁,你还记得吗?在部队时,齐副师长追求你,我就发表过错误的议论呵!帮我想想,原话是怎么说的?……唉,我的反党思想是早已露出根苗的啊！"汗水流过面颊，和眼泪汇合，急速地滚落在他的检讨书上。那上面写着的标题是："恶毒攻击老干部"……

"我真不懂，当时你为什么不离婚？嗯？"马秀花愤愤地搓着手。

"我糊涂。"傅玉洁呷了一口咖啡，爽快地承认，"我把爱情看得太重……"

"爱情，爱情！小傅呀，资产阶级那一套害苦了你呵！我早就劝过你，骂过你！你听吗？要能听进去一点点，也不至于落到今天这地步！"

"再说，我们已经有了个女儿。"

"孩子是革命的后代嘛，又不是他苏骏的私有财产！"她不满地摇着头。转脸轻声地问那小美人："我的药熬了没有？把煤气开小点儿……"又叹息着说："嗨！那时我常和小汪在一起叨念着你——小汪也刚生下老二，长得跟老齐甭提有多像了——不知道你的日子怎么过：一个人带着孩子，等他……"

等待是痛苦的，但又不仅仅只是痛苦呵！等待就是希望，而有希望不就有力量么？是的，苏骏无疑会自觉地改造世界观，会很快摘掉帽子，会精神振奋地从农村回来。于是他又成了同志，成了革命队伍里的一员。于是，过去的一切，便随之而回来了——不是简单的恢复，而是比过去更高，更美，更富于革命气息。是的，有了挫折，生活才能更加奋发，更加充实；经过波折，爱情才会更加浓郁，更加深沉；栽了跟斗，苏骏一定会更聪明、更坚强、更革命。是的，他们将带着左英——苏骏给女儿起的名字，他恨透了"右"字——坐在往日常坐的公园那张长椅上,谈论"超英赶美"的大好形势;或者围着炭盆朗读高尔基的《海燕之歌》,听《黄河大合唱》……傅玉洁素有的浪漫主义情调就这样同"坏事能变好事"的哲学思想自然地结合在一起了。完全不同于无可奈何的自慰,而是闪烁着光辉的遐想,在鼓舞着她。她一如既往地高傲地昂着头走进课堂,兴致勃勃地参加土高炉会战,带领学生沿途高歌《社会主义好》去割"卫星田"的水稻……她无需任何同情。当她发现人们投来诧异的目光里不无钦佩的意味时,她十分快慰。她为自己的坚强而感动、而自豪。

终于,苏骏摘掉帽子回来了。但出乎傅玉洁意料的是:报社不再用他。照顾夫妻关系,调他到了三十八中。学校又声称:不能当教师。安排他当了总务。总务本来是个不受尊重的工作,来了个摘帽右派,跑腿打杂,接电话,拉板车,以至给书记、校长买米买煤之类的差事,便自然落到了苏骏的身上。

使傅玉洁最失望的是苏骏自己。他变了:修长的身材伛偻了;眼睛里再没有笑意和神采,变得忧郁而迷惘;潇洒的风度不见了,开朗的性格不见了,精辟而风趣的言谈不见了。他按时听中央台的新闻广播,专注地读省报社论,担心地寻找着有什么搞运动的迹象。偶或发现一两条与他毫不相干的消息,例如某地破获一起反革命谋杀案,或者某剧团演出了坏戏受到批评,便立刻忐忑不安,忧心忡忡。好像马上就会掀起一股阶级斗争的风暴,并不可避免地要扩大到自己的头上。在学校,他唯唯诺诺,逆来顺受;到家里,他常常呆滞地坐在一旁,好像掉了魂儿。傅玉洁偶尔发几句牢骚,他就急忙跳起来掩上门:"人家听见!你少说两句好不好?"傅玉洁有时想听听音乐,刚放上唱片,他总是马上取下来:"算了算了,听听广播里的革命歌曲吧!"

最使傅玉洁受不了的,是一次学校副书记的儿子打了左英,那位不讲理的夫人反而闹上门来,骂出"我们的屁股比你脸还干净"这样难听的话。苏骏居然忙不迭地赔不是。"干吗这样低三下四?干吗这样窝囊?你还有没有一点尊严?……"傅玉洁把气全出到他的头上。倔强的小左英也抽泣个不停。苏骏闷声不响,半天,才叹了口气,喃喃地说:"倒不如戴着帽子的时候呢!那时,总还有个希望。如今这顶'摘帽右派'的帽子,永远摘不掉啦!"

这句话使傅玉洁想了很久。不知道应该同情,应当劝慰,还是应当责备他。

新的学期开始,学校停止了俄语课,改教英语。傅玉洁在教会女中是受过严格的英语教育的,大学里她又上的是英文系。无需准备,就可以开课。教育局组织了青年教师进修班,到三十八中来请她辅导。一向注重衣着、仪态和教学风度的傅玉洁,毫不费力地取得了成功。"您的发音准确极了!""悠扬动听,简直是音乐!"下了课,青年教师们围着她赞叹不已。傅玉洁讲了几句得体的表示谦虚的话,心中自然不免暗自高兴。她已经不是当年那个羞涩的、易于激动的姑娘了,但对于自己的才华和劳动所赢得的敬重,比起当年来,却更值得她的珍视。

偏偏就在他们穿过校园向办公室走去的时候,苏骏拉着一板车煤球,汗流浃背地过来,厨房那边一个炊事员还在朝他骂娘。认识苏骏的教师忍不住低低地说了一句,立刻一片窃窃的惊诧声、追问声、叹息声,苍蝇似的嗡嗡个不停。傅玉洁犹如被人当众打了记耳光,脸色苍白,快步逃开了。

"也许他说得对:现在还不如当时!"她踯躅在回家的路上,思绪纷乱地想,"当时我过得充实,因为我怀着希望。当然,现在想来是虚妄的。但如果他不把严酷的现实带到我生活里来,我并不知道这虚妄,那么我依然可以充实地过下去……"

回到家里,夜色已浓,左英已经睡了。只见桌上摆着四只冷盘,杯中斟满了酒。苏骏笑吟吟地从厨房出来:"洁,记得今天是什么日子吗?十周年啦,我们俩……"他发现妻子阴沉的脸色,便没有再说下去。

傅玉洁疲倦地坐下来,沉默半晌,突然端起酒杯,一饮而尽。苏骏吃惊地望着她:"你……怎么啦?"她仍然不说话,连菜也不夹一筷。

"你以为我是真的高兴吗?我只希望你回忆一下往日的欢乐,暂时……摆脱一下。"苏骏垂下头,沮丧地咕哝着,"唉!……城市的四清运动已经开始试点了。很快,由点到面……听说,要按思想划成分。"他也饮尽了酒,长叹一声,"真不如当时一死了之,如今,连自杀的勇气也没有啦!"

往常如听到这样的话,傅玉洁多少会有点酸楚。此刻一股无名的怒火正在她胸中燃烧,忍不住反唇相讥:"不必用死来威胁我!要死,我们分开再死!"话一出口,泪水就涌了上来,她连忙奔进房里,躺在床上,大声地哭了。

"洁,你怎么啦?你在说什么呀?"苏骏惊慌失措地跟了进来,"一切都怪我,都怪我!你可千万别那样!……洁,我已经什么都没有了,只有你!你要再抛弃了我,我就完了!全完了!……求求你,洁!"他哭着,哀求着,蓦地跪倒在床前。

正是这一跪,把傅玉洁对丈夫最后一点眷恋击碎了。假如苏骏敢于说:"我不牵累你,离婚吧!"那么,至少他还不失是个具有自尊心的男子,他还保存着一点当年的气概,因而还值得他骄傲的妻子为他继续付出牺牲。然而他下跪了。他的尊严已经垮了,精神的支柱已经垮了。他已经鄙视他自己。他只能乞求妻子的怜悯!这样的人还有什么可爱之处?

夜深了,傅玉洁拥衣坐着。清冷的、苍白的月光照到床前。十年前的新婚之夜,仿佛就在昨日。然而,爱情在哪里?温存的拥抱和醉人的甜吻在哪里?坚定的等待和牺牲的自豪感在哪里?呵!在今天的现实面前,这一切都如烟似雾,虚无缥缈!命运之神你叩开了门,就是为了给我送来这空虚、失望的岁月吗?而这样的岁月又何时才是尽头呢?

其实,尽头并不遥远。红卫兵的光临,抄走了他们所有的文艺书籍,砸碎了全部唱片。当那张德累斯顿交响乐团演奏的《命运交响曲》摔到地上时,傅玉洁苏骏同时闭上了眼睛。它好像非常的脆弱,"啪"的一声,就分成了两爿。

"在唱机上平静地转动时,它的旋律是多么美妙感人呵!"

第二天,傅玉洁在收拾唱片的残骸时,不胜惋惜地想。但随即又漠然了,半小时前,她在苏骏起草的离婚申请书上签了字。此刻,她感到一种莫名其妙的轻松……

客厅里的电话铃响了。小美人拿起话筒,以甜美的嗓音娓娓交谈起来，不时伴以格格的笑声。马秀花忽然想起来了，问："你们学校那个接电话的是什么人？口气那么横，土霸王似的，气得我放开嗓门：'我是省军区政治部！找傅玉洁有重要的事！什么事你管不着！'哼，他马上就客气起来啦！这人是干啥的？"

"哦，白铁队长。"

"什么？"

"前几年在巷口的白铁店修钢精锅、配钥匙的，当了我们的工宣队长。有个同学统计过，他做一个报告，能说一百二十七个'他妈的'！"傅玉洁笑了。小美人已经放下话筒，听了也忍俊不禁，哈哈大笑起来。

"这样的人也能领导学校？！"马秀花把沙发扶手一拍，激愤地说，"现在，'四人帮'垮了，这种人也该滚蛋了吧？"

傅玉洁没有回答。她回答不上来，也不愿意提到此人。但他那张僵硬的如同白铁皮似的脸，那双盯住她时活像老鼠发现香油似的眼睛，不是从上任的第一天起就威胁着她，直到如今吗？

"傅老师，你听说了没有？工宣队长要提拔你当他的秘书呢！……"那位从不登门的副书记夫人突然热情地来拜访了她。傅玉洁立刻预感到情况不妙。

"笑话！"傅玉洁正色地说，"我是什么身份，哪能干那种工作？"

"队长说，离了婚就是划清了界限啦！"

"我是地地道道的资产阶级出身！"

挣不断的红丝线　53

"队长也说啦,现在有政策'可教育好的子女'!"

傅玉洁啼笑皆非,不再理她。女人却滔滔不绝地说,队长如何根红苗正,政治上如何有前途,等等。遗憾的是爱人是个农村妇女,合不来,最近总算办了离婚。队长一心想找个志同道合的……

"我明白啦,"傅玉洁把脸一沉,"你是来说媒的!"

"嘻嘻!做个介绍人吧!……说句不怕你见气的话,傅老师,你岁数也不小了,孤儿寡母的,不如早早找个伴儿。别看队长文化低些,人家路线觉悟高比什么都过得硬。你那洋文倒讲得刮啦刮啦的,现在不让教了,不也是白搭?报上说,文化越高……"

"越反动!对极了。我解放前就上了大学,够反动的啦!望你对队长说,哪一方面我都高攀不上!"她把门打开,就差没推这女人出去。

过两天,副书记找她,一本正经地说:"你们母女俩现在住着两间房,群众有意见。领导小组研究了,要你腾出一间……"

"分给谁?"

"这个……这是因为……工宣队长的房子太小……"

傅玉洁眼前顿时闪现出一个镜头:深夜。一把自配的万能钥匙,插进她房门的锁孔……

恐惧和愤怒立刻攫住了她的心。半天,她才一字一字地蹦出牙缝来:"领导阶级嘛,给一间不嫌太少吗?我把两间全让他——只要给我一块栖身之地就行!"

于是,她毅然搬到离学校三十里的十平方米的小屋。毅然走上新的岗位——拒绝了白铁队长的秘书、夫人和邻居之后，唯一等待她的岗位——当总务……

"接你电话的时候，我正在给厨房拉煤。"傅玉洁说，自嘲地笑笑。

"怎么？你到现在还没解放？"

"无所谓解放不解放。人家说，这就是我的工作。"她的神情也表明她对此确已无所谓了。小美人在一旁轻轻地叹了口气。

"岂有此理！岂有此理！你们那个教育局怎么搞的！明天我就给他们打电话！"马秀花十分激动地站起来，来回踱着步。又走近傅玉洁抚慰地望着她，眼圈也湿润了，"唉，难怪你头上还沾着煤屑呢！对了，就在这儿洗个澡吧！……唉，小傅呀小傅，怪来怪去，怪你当初不听我的话！小汪不是你同学吗？一直没离开部队，现在副师级了，管文化工作。你看看你，在个白铁匠手下，拉煤！……哦，身体怎么样？受得了吗？身体可太重要了！革命的本钱嘛！……"

身体还可以。但是心呢？心受得了吗？尽管她鄙视苏骏的卑微，竭力保护着自己的尊严；尽管她一进校门就如同以往一样地高昂着头，挺直了腰，迈着庄重的脚步；尽管她对那些趾高气扬的头头们投以冷漠的甚至是轻蔑的眼光……然而，她的心不是时时紧张得发颤，如同警惕着猎枪和陷阱的小鹿吗？她不也专注地从广播、社论和白铁队长喷溅着唾沫和粗话的报告中，提心吊胆地揣测着下一场运动会不会落到自己的头上吗？不是经常含着泪关照左英，一旦妈妈发生意外该如何独立生活吗？高傲的身姿，洒脱的风度，俨然不可侵犯的神情，如今只不过是她的单薄的外壳,凭借它来支撑自己空虚、软弱的心灵而已。或者还指望凭借它来为自己涂上一层保护色而已。正如舞台上的演员在扮演一个力不胜任的角色那样。她的心早已受不住了。半年以前,"四人帮"被粉碎了,最高层那几个恶棍垮了。而"十月的金风吹遍了大地"毕竟只是诗句。在现实中,她看到的是白铁队长仍在喷溅着唾沫和粗话,仍在大喊"高举"和"凡是",仍在宣称"永远留在学校","抓阶级斗争这个纲"。而自己,仍在拉煤。也许,将来一切会改变,会好起来。但对于将来,她再也没有勇气和力量去赋予绮丽的色彩了。往日的浪漫主义的情调早已被岁月的风沙剥蚀净尽。她已经支撑得够久的了,她感到无限的疲倦……

"……唉,真不幸呵!得了白血病了……"

傅玉洁猛地一惊:"谁?"

"汪婉芬呀!白血病,血癌!……唉,她同老齐感情一直很好。真是万万想不到的事啊!拖了大半年,现在老齐陪她到上海住院去了。来信说,顶多还有一个月……"

玉洁深深地嗟叹着,从遥远的记忆里寻找那张胖胖的小圆脸。"阿弥陀佛,但愿你同他能成……"那天真的声音,仿佛从另一个世界传来。

"老齐等办完后事就来上任——他还是同老吴老搭档,同时任命的。"马秀花坐到傅玉洁的沙发扶手上,声调渐渐轻柔起来,"喂,小傅,老齐一直很惦记着你哪!我们临来之前,他还嘱咐我们,见到你时,向你问好!他可关心人啦!……"她的眼光意味深长地注视着傅玉洁,"这样吧,你先去洗个澡,回头咱们在我房里再细细地聊!——老吴上北京开会去了。"

傅玉洁再不及细想,便跟着马秀花上了楼。推开浴室的门,洁白的瓷砖一尘不染,靠浴盆的墙上嵌着一面大镜子。镀克罗米的栏杆上挂着洁白的浴衣、浴巾。洗脸池上带镜子的壁橱里,摆满了各色化妆品。一定是小美人刚刚洗过发,留下一股淡雅的香气。

她不敢看镜子里自己的裸露的身子,赶快跳进宽阔的浴盆。温暖的水浸泡着她的全身,莲蓬头冲刷着她的头发,每一个毛孔都沉醉在这奇妙无比的享受之中……啊,平时到女浴室去洗澡,是怎样的情景啊?排着长队等了又等,然后挤在闹哄哄的、散发出阴沟气味的淋浴间里,喷到身上的水时冷时热,说不定会突然中断……而此刻,她可以如此从容地品味洗澡的乐趣!

水温使她的心渐渐柔软和敏感了。哦,这浴室,这客厅,这幽静的小楼和她不知道怎么开门的轿车……所有这一切,不都原可以同样属于她的吗?只要当年点个头,哪怕像汪婉芬那样勉强地、含泪地点个头!然而她没有,她拒绝了。多么幼稚,多么可笑,多么傻!她选择了一条以自己的想象所铺设的鲜花遍地、坦荡无垠的大道,追求、期待、振作、失望、挣扎……一步一步,她发现她的脚下只不过是平凡又平凡、没有丝毫罗曼蒂克奇迹的坎坷小径而已。除了深深的疲惫,她什么也没有得到……

忽然,她的心颤动起来。马秀花转达老齐的关怀和她那意味深长的目光说明了什么?"回头再细细聊",聊什么?这和汪婉芬的不治之症没有联系吗?莫非又在重演当年那热心的安

挣不断的红丝线　　57

排?……哦,如果真是这样,如果真能成功,那么我的一切苦难、一切厄运、一切窘境和烦恼,不就顷刻之间雪解冰消了吗?我将受到最有力的保护,得到最安宁的归宿,挤电车、拉煤球、受白铁匠的窝囊气、惴惴不安地担心着下一次运动的临头,等等等等,将从此远去,永不复返了!

她向镜子里的女人偷偷地瞟了一眼。健康的肤色,匀称的线条……哦,青春尚未完全消逝,她还应该有权利去重新开始生活!而她的女儿也应有比现在更美好的生活!重要的是果断和决心。刹那间,傅玉洁听到了命运之神再一次的叩门声:一下,两下……哦,再也不能失去这天赐的良机了,得赶快应声把门打开!

槐花飘香的时节,傅玉洁美妙的愿望成了现实。老齐还像过去那样忠厚、朴实,他坚持要亲自把前妻的骨灰送到公墓,征得了儿女们的同意以后,才正式登记结婚。为了避免铺张浪费,他们没有通知任何亲友,悄悄来到海滨城市的一家旅馆里。

那天夜里,老齐亲切地微笑着说:

"人们说,婚姻是前生注定的,月下老人在上一辈子就用红线拴好了。小傅,咱们俩不也早就拴上红丝线了吗?"

"是的。那是根挣不断的红丝线!"她说,自己也分辨不清是满足还是嘲讽。

当她轻轻推开老齐的手,自己来解衣扣时,无意间把手插进口袋里,忽然触到一件东西,立刻像扎了刺似的缩了回来。那是女儿左英的信。像电报一样简短而坚决。她已经到了父亲身边。准备考大学。请勿来信或汇款。最后一句话是"我要走自己的路",下面打着三个惊叹号,一个比一个大。

"她的性格多么像当年的我!"傅玉洁站在窗前,谛听着远处大海的叹息,茫然地想,"生活重新开始了,但愿她的命运是另一种样子……"

1981年1月

(原载《上海文学》1981年第6期)

从两篇小说谈虚构

张　弦

介绍创作经验,对我来说,真比什么都难。我宁可介绍冶金设备的设计经验——我是学工的,干过一段设计员——那东西是实的:公式、图纸、资料,讲得清楚。听的人也容易明白,懂了就可以干。创作这门学问,很虚。它当然有自己的规律,许许多多理论文章都论述过它的规律。可是把这些文章都读得滚瓜烂熟,未必就能创作。

那么谈谈某一篇小说的创作过程怎么样?看来好像比较实了,其实,创作过程是个很复杂的思维活动过程,不可能用几条方程式列出来。生活是实的,反映到作家头脑里,引起他种种思维活动,这就是虚的了。写出作品来,白纸黑字,又成了实的。两种实的东西有质的不同,但都比较容易解释、分析。而那一番思维活动,怎么来怎么去的,怎么进行变化的,真没法说得明白。有时迫于别人的追问，面对自己的"白纸黑字"，有点像当年"挖思想根源"似的，倒回头去一点点"追查"，常常弄得满头大汗，也只能说出点"好像""大概"之类的含糊之词。别人不满意，自己也不满意。

拿今年发表的《未亡人》来说吧！人物、情节都是虚构的。维明、周良蕙、没有名字的邮递员，都没有生活中的原型。小说发表后，回过头来想想，才找出点大概的影子来。这影子与作品中的人物相去甚远。所以只能说"大概"。

前几年，我一位丧妻的朋友结识了一位寡妇，双方都产生了感情，准备共同建立生活。不料双方子女都反对，又吵又闹。这位朋友甚至受到对方儿子的武力威胁。结果此事只好告吹。我听说后很感慨。原来不但有父母干涉子女的婚姻，还有子女干涉父母的。原因当然很复杂。但引起我思索的是：封建的传统观念并不是老年人的专利品。青年人身上的遗毒也不可小视。你看他思想挺解放，高谈自由、民主，对资产阶级的生活方式挺向往，骂别人老封建。其实他的灵魂深处也有个小"封建王国"。当然，这也不仅是他们的过错，说不定正是被干涉的家长给他们的思想影响。那么他们将来当了家长又会怎样呢？这事使我的心情很沉重，深深感到肃清封建意识的残余——尽管是残余——远非几代人的努力可以达到的。

另外一个影子是十多年前的事了：一位领导同志爱人谢世，丢下一大群孩子。人们议论过他再婚怕不容易了。但他很快结了婚。这位女同志年轻、漂亮，比他小十多岁。婚后的日子很幸福。文化大革命中，这位领导同志受到很厉害的冲击，他爱人一直对他很好。我和他们不熟，只在他们新婚燕尔、双

从两篇小说谈虚构

双坐着小汽车到公园去时,正好邂逅,远远地见了一面。这一对夫妻都是好人,这桩婚事也没有什么可以非议的。后来一直也没有机会再见面,印象也就渐渐淡漠了。

老实说,构思《未亡人》之初,我并没有清楚地想起这两件事来。我全部注意力集中在如何刻画出一个中年的寡妇的形象,怎样走进她的心灵里去。我寻找着她的命运的历史感。丧夫的痛苦,第二次恋爱的渴望和矛盾,世俗的舆论压力,对第一次爱情和婚姻的回顾和剖析……这时,淡忘已久的那位领导干部和他的后妻仿佛悄悄地乘着小汽车开到我脑子里来了。我还没有发现,只觉得周良蕙开始认识到"夫贵妻荣"这种封建的传统意识不仅对她的一生起着决定性的影响,而且还渗透到了她过去的看来很幸福的爱情生活之中了。她觉悟了,她要求自己应有的人格尊严,她要求平等的、普通人的爱情。到了这一步,我眼前也忽然一亮,不管其他方面成熟与否,赶快动起笔来。

《挣不断的红丝线》中的人物,也同样是虚构的。但也有几个影子:

去年,我在某厂听说,一位普通的四十多岁的女工丧偶后,有人问她对未来怎么打算。她说,我要么不找男人,要找就得找个大干部。等了好几年,终于如愿以偿。这以后,她仍在原来岗位上勤恳劳动,对领导对同事们也一如既往。但人们对她可不同了:有的讨好奉承,有的肃然起敬,也有的暗中嫉妒。这位女同志我见了一面,穿着朴素,外貌平常。其实,她的希望是可以理解的。那位"大干部"找了她而没有找年轻貌美的续弦,也是值得尊重的。一切都合情合理,无可厚非。这是生活中很平常的事。

后来在另一个地方,我认识了一位业务上很精通、能干的女知识分子。五十岁了,人虽半老,风韵犹存,可以想象年轻时会有不少人追求她的。她和我谈到她当前最大的包袱是儿子的工作问题。她儿子在街道上当泥瓦工,快三十了,找不到对象。她丈夫是个和她一样没有门路的知识分子。我问她:"当年你为什么没有找一个领导干部?"她不无感慨地说:"咳,不就是相信了你们作家写的爱情吗?"这个人的境遇实在更平常了,我的周围到处有这样的朋友。

但是不知怎么的,我把这两位年龄相仿的女同志摆到一起来思考她们的命运时,我眼前好像模模糊糊地出现了另外一个人,一个我从不认识的人。她好像向我娓娓倾诉自己的生平。我越听越感到她的面貌清晰起来,仿佛成了我年轻时就非常熟悉的老朋友。这就是后来作品中的傅玉洁。

所以,说这两篇小说是编的,一点也不冤枉。

其实,小说离不开编,离不开虚构。不编,不虚构就不成其为小说。

我自己明白,我是个最不善于编故事的人。我的每一篇小说都写得非常吃力,可能与此有关。我也和许多青年作者一样,常希望碰到一个模特儿,给我讲一段他(或她)的事儿,又生动有趣,又极有意义,我只要记录下来略加整理就成了小说。可惜,这样的事情不能说绝对没有,反正是很少很少的。我从未碰到过。也希望在座诸位不要守株待兔。

相反,往往发生这样的情况:一件真人真事,听的时候你很激动,照样子写出来,却索然无味了。或者一件真人真事,非常离奇曲折,写出来后,人家看了认为不真实。你把此人姓甚名谁,家住何处,说得一清二楚,他也不相信是真事。

我想,这就是小说为什么要编、要虚构的道理。但编,虚构,得有个谱。这个谱就是生活。离开了生活,虚构就成了虚假,编就是瞎编,这个谱是很严格的。因为你的谱读者也有,他要以他的生活同你的作品对照的。

比如,我这两篇小说都涉及了市委书记这样的领导干部。我在《记忆》《舞台》里,也写到宣传部长身份的人物。老实说,如果没有在十年浩劫中,同许多这样的"走资派"一起滚过几年稻草的话,我是绝不敢动笔的。也正因为如此,我笔下的维明和齐副师长,都是值得尊敬的好领导、好同志。我不愿意在他们鼻子上搽一块白粉。我十分珍惜同他们患难中建立的友谊。更重要的,如果我略微不慎丑化了他们一点,作品就会失真,或者变味了。读者就会说:"瞧,又在讽刺领导干部了,赶时髦,瞎编的!"虚构就成了虚假。同样的理由,我不能把傅玉洁打扮成圣洁的天使,或者爱神的信徒,让她清高到底,或对爱情永远执着地追求。生活中,我们所同情的人,甚至深深地钟爱的人,不也有这样那样的弱点和缺陷吗?我们某个朋友的悲剧,不也或多或少与他(她)自身的性格和失误关联着吗?而经过挫折或打击,他们又总会有变化:坚强的会变得软弱,软弱的也会变得坚强吗?生活中不会有永远一尘不染、一成不变的人。"未亡人"周良蕙呢,我也不认为她有多么了不起。我尤其不敢对她努力争取的未来打什么保票。我甚至担心,她即使冲破种种压力与邮递员结了婚,说不定哪一天会给她的亡夫写第二封、第三封信来诉苦。他们毕竟不能像我们有些电影中——请电影剧本作者原谅——所描写的：碰上不如意的事，想调到哪儿就能调走的呀！

总之，小说离不开虚构，虚构离不开生活。虚构的目的，就是为了使作品真实——比生活的真实更真实。

（原载《钟山》1982年第2期）

感受和探索
——《被爱情遗忘的角落》创作回顾

张 弦

一个严冬的夜晚,我从长影小白楼到"一宿舍"去向几位编辑朋友辞行。大地被冰雪裹得严严实实,天空飘舞着熠熠闪光的粉末。寒风凛冽,直透胸膛。我正快步走着,忽然沿街的高音喇叭响了起来:"中国共产党十一届三中全会……解放思想,开动脑筋,实事求是……"我站住脚,屏息细听,忘记了寒冷,只觉得一股暖流从心里涌出,在全身奔腾……

三中全会公报的每句话都深深地激动着我。尤其是关于加快发展农业,"要让农民尽快地富裕起来"的话,更使我心潮澎湃,浮想联翩。离别不久的农村的乡亲们,纷纷涌现在我的眼前。

从1957年那场风暴开始,我就同大地结下了不解之缘。在洞庭湖畔割过湖草，在京西大道赶过马车；炎炎烈日下同农民并排栽秧，天灾人祸时和他们分食槐树叶窝头；……十年动乱的大部分日子我在安徽农村。把我交给农民监督的结果是使我得到温暖的庇护。民兵连长成了我莫逆之交，生产队长的母亲有了好菜总送我一碗；我成了会计的助手，知青宣传队的幕后指导；我包揽了家信、契约、入团入党志愿书；……这一带山清水秀，土肥地美，但乡亲们却过着穷日子。年终分配，照例有不少户一无所得还要倒欠，找我写借条借五元十元过年。我准假回城，总有年轻姑娘们托我带绣花线，五分钱一支的花线，是她们装点青春的最大的奢侈。在看场的深夜，保管员回忆起合作化初期的岁月，刻满皱纹的脸上荡漾出甜蜜的微笑；晨曦微露，邻家大婶拎着鸡蛋避开干部家门，绕道上街，神色又是那样仓皇；……我们辛劳、善良的乡亲们，奉献的是何其丰厚，而得到的又是何其菲薄啊！

长期的物质生活的贫困必然带来精神、文化生活的贫乏。何况全国都在文化大破坏！家家户户都有红漆的"宝书台"、珠光塑料"宝像"，而青年们真正的宝贝却是一副打烂了的扑克。一个小伙子说："我们只要认得两个字就够了：一个'男'字，一个'女'字——进城上厕所走不错门儿！"多么辛酸的幽默！

但是今天，伟大的历史性的转折开始了！"让农民尽快地富裕起来"太好了！太好了！这是历史的必然，人民的愿望！他们——大地的主人，理所应当地完全有条件富裕！我在遥远的北国向他们深深祝福！

这就是《被爱情遗忘的角落》最初的启示。真诚地倾诉乡亲们的困苦、哀愁和希望,尽情地讴歌来得多么好,又多么不易的温馨的春风,而正是这春风,席卷了我身上的政治枷锁,拂散了我观察生活的眼里的云翳,滋润了我探索生活的思维的活力!生活和创作,都在这伟大的春天复苏了。怎能不爆发出息息相通、心心相印的激情呢?

创作不仅需要激情,还需要契机。这契机往往是得之偶然的。

半年后在一次旅途中,我和一位朋友谈起农村的买卖婚姻时发生了争论。我不由自主地为那些搞买卖婚姻的家长们分辩起来:"能全怪他们吗?日子穷,没有钱。生老病死,天灾人祸,养猪要本,房塌了要盖,怎么办?前几年,自留地的蔬菜,家禽家蛋,不许卖。说是'资本主义'!偏偏变相卖女儿倒成了'合理合法'的了!爱情?从哪儿来呵!……"我很激动。这个话题突然打开了我感情的闸门……

我仿佛又来到农村的"相亲席"上。满堂宾客中间有个衣冠整齐、正襟危坐的青年,而这家的姑娘躲在灶后羞于露面。喧闹声中,双方很难有机会相互正视一眼。但为时不久,他俩拍了订婚照。又过些日子,姑娘就离开了家乡……

我又想起民兵连长作为趣闻轶话告诉我的事:山后那个队里,一对小青年在库房倒仓,"打打闹闹地,搞到一块儿去了"!被发现后,小伙子挨了一顿揍,送劳改了。"阶级斗争新动向嘛,还了得?"那姑娘,一直也没人娶她。民兵连长在一次开会时悄悄把她指给我看,她孤独地坐在一角,神色憔悴。我发现她眼里有一种畏惧、狐疑、阴沉的光……

我又记起一个阴雨的清晨,大家正在收听公社"批林批孔"广播大会。忽然传来了哭喊声。我跟着乱哄哄的人群跑到塘边,赤脚医生正在为一个浑身透湿的民校女教师做人工呼吸。周围七嘴八舌,说她的父母不许她和一个同事谈恋爱……

呵,爱情,感情的升华,精神世界的绮丽的花朵!她在哪儿生根、萌芽?眼前这块土地,曾被几千年封建的盐碱侵蚀,党的阳光滋润了它,社会主义的犁铧翻耕了它,但极"左"的阴霾不是又使它板结起来,泛出灰蒙蒙的碱霜了吗?爱情是需要物质文明和精神文明的营养才能生长的。它将这里遗忘了,不正是意味着这里被物质文明和精神文明所遗忘吗?当然,在广袤万里的大地上,这里不过是个小小的角落。但毕竟又是同大地不可分割的角落,同我们的政治、经济、道德和民情有着千丝万缕内在联系的角落啊!

呵,被爱情遗忘的角落!被爱情遗忘,又岂止爱情;角落,又岂止是角落!

在构思的时候,我没有考虑什么能写、什么不能写,什么敢写、什么不敢写之类的问题。我认为真实地反映生活,本是真诚的作家、艺术家起码的职责。回避现实、粉饰生活,不仅是背离了作家、艺术家的道德准则,而且首先背离了党的原则。

然而这并不是说,我主张"大胆干预生活"。相反,我不欣赏"干预生活"的口号。它好像有点凌驾于生活之上的意味。更主要的,它倾向于从主观的观念出发,容易导致概念化的创作,并不符合创作的规律。至于"大胆"二字,对于作家、艺术家来说恐怕并非褒词。胡编乱造、随心所欲、光怪陆离、恐怖刺激,等等,往往正是"大胆"比赛的结果。

这也不是说，只要生活中真实发生过的一切，都可以复制成为文学艺术的内容。用"亲眼所见，亲耳所闻，真人真事真时真地……"为文艺的真实性作证，只不过是一种常识性的误解。

我想努力探索和追求的是：真实——比生活本身更真实。

生活是广阔无垠的，是纷纭复杂的，是绚丽多姿的。但生活又是以其狭窄、局限的、杂乱无序的、平淡无奇的自然形态呈现在我们面前的。创作，只有比生活本身更真实，才能比生活本身更丰富、更生动、更深刻，才能比生活本身更说明生活。

于是，我找到了乌有之乡又实实在在的"角落"；我找到了素不相识又亲如家人的三个女性，三个被爱情遗忘了的女性。

我首先看到一个胖乎乎、乐呵呵的姑娘向我走来。她浑身都洋溢着青春的活力。她是托我带绣花线的姑娘中的一个呵！她心地单纯，头脑也简单。她当然不懂得什么叫爱情。你试试看向她解释一下吧，"爱情……"她一听这个词就会咯咯大笑，笑弯了腰，两手捂着脸跑开去的。说不定还会回头笑骂一声"不要脸"！她天真、热情，招人喜欢，自己根本不知道……正是她，在偶然的情况下发生了盲目的冲动，做出了自己从未想到过的糊涂事！——这是第一个被爱情遗忘的女性，存妮。

她是民兵连长指给我看的那个姑娘吗？有点像，又不是。存妮的性格像火一样，她的自尊心一定不能忍受舆论的羞辱，更不能忍受自己内心的羞愧的折磨。只有去投水自尽，她才比生活中的那姑娘更真实。也因此比那姑娘更可爱，更可悲，更值得同情，也更令人深思。

她是那个投水的民校教师吗？更不是。女教师的自尽是对家长干涉婚姻自由的抗议。虽然这样的事情更为普遍，至今还在不断发生着；虽然这样的事情更直接地说明了封建意识的危害性，但是正因为它的"普遍"和"直接"，它只能简单地、表面地说明生活，而不能丰富地、深刻地再现生活。

存妮有她独特的性格和独特的命运。一方面，不懂得什么叫爱情，造成她被带有原始性质的感情所支配，做出了糊涂事；另一方面，封建意识的影响，造成她被传统的道德观所支配，毁灭了自己。这样，存妮的悲剧就具有更大的真实性，也就从政治、经济、道德诸方面，较广阔地揭示了生活。

第二个被爱情遗忘的女性是荒妹。她有一双我曾经见过的眼睛，闪着畏惧、狐疑、阴沉的光。我意识到她是存妮的影子，存妮的延续。她应该是存妮的妹妹吧！她在刚懂事的年龄就经受了姐姐惨死的打击；更可怕的是，她还必然要继承姐姐没有带走也无从带走的耻辱。这就形成她特定的性格，和存妮完全相反的性格：忧郁、深沉、孤僻。她仍然不会懂得什么是爱情，但她绝不会走存妮的路了。那么，她可能走上"角落"的姑娘通常走的、顺从父母包办的婚姻之路。她会反抗吗？她会哭闹一番之后终于不得不跟着介绍人去拍订婚照吗？那完全可能。她是没有力量也不知道如何反抗的。

然而，七十年代最后一年的不同寻常的春天来临了。它给"角落"展示了翻天覆地的大变化的前景。透过荒妹的命运，或许可以显现出"角落"里的人们对于三中全会精神是如何深切地渴望着吧！当读者和观众看到象征物质文明和精神文明的爱情终于来到了"角落"，来到荒妹的身上，他们将和"角落"里的人们一样欢欣鼓舞吧！

站在荒妹身后的，是第三个被爱情遗忘的女性——菱花。她没有生活中的原型，可是又处处能找到原型。她是我们见到的千万个平常的中年农村妇女中的一个。多子女的家庭，困难的生活，整天操劳忙碌，思想觉悟不高……她显得十分平凡，又不那么可爱。她包办女儿的婚姻、把女儿当商品的行为简直应该批判！但是且慢，当沿着她的生活道路一步一步回头去寻找她性格变化的轨迹时，我震惊了。原来她有一个不平常的少女时代！她居然反抗过买卖婚姻，争取过恋爱自由，而且得到了成功！可是再一想，这又有什么不平常呢？那是打倒地主阶级、扫荡封建主义的火热的时代啊！千千万万个妇女从封建桎梏下解放出来，菱花不过是其中之一罢了！但是后来，爱情将她遗忘了。她变了，她走到了当年自己的对立面上。她惶惑，她悲哀，她无可奈何。她也没法解释这一切，只能朦胧地以为是"报应"，甚至还后悔当年不该如此。她倒退了。但这是她个人的责任吗？不，她的悲剧显然只能使人同情。这个平常的劳动妇女的平常的历史，每一页都印着中国农村变化的足迹。真实地展示她的"心灵史"对于认识三中全会的深刻的历史意义，大概是不无助益的吧！

寻找富于表现力的细节，无论对于小说还是电影文学，都是至关重要的事。如果找到了这样一个细节，它不仅仅起到单一的作用：或刻画人物，或渲染环境，或表达主题；而能一石三鸟，画龙点睛，那真是作者莫大的快慰。

最初，我构思了两个故事：存妮和小豹子，荒妹和母亲菱花。但又觉得两个故事都显得单薄了，主题单一了。我苦苦思索，想把这两个故事放到一起来，也就是要把这三个女性放在一个家庭里来。这就需要一个起贯穿作用的细节。忽然想到了绣花线，从绣花线联想到毛线，又发展成毛衣。这一下豁然开朗了：母亲有了嫁妆，小豹子盲目的冲动有了导火线，存妮有了遗物，荒妹的怀念和怨恨有了依托，物质生活的贫困有了象征，买卖婚姻有了凭证……毛衣这个生活化的细节收到了意外的多种效果，人物丰满了，故事合二而一，又显得主题丰富了起来。

以视觉形象为主要特征的电影，尤其需要可视性强的生活化的细节。在改编电影文学剧本时，我把小说中作为叙述所提到的细节，尽可能发展了。存妮扔给小豹子的半块玉米饼，打赌比力气的一副扑克，二槐送英娣的两支绣花线，等等，都力图赋予更多的内涵。小说中简略地写到看电影的情节，在剧本里发展成一场戏。因为我曾经在电影院干过三年多扫地、把大门的服务员，对农民来看电影时的情景印象颇深。所以设置了这样的细节：荒妹避开与荣树坐在一起，挤到姑娘们中间，又被服务员干涉只好回来，而这时荣树理解她的心情离开了座位站到后边去了。这个细节既描绘了"角落"里的青年对电影院的陌生，又着重表现了荒妹和荣树的性格和细微的心理活动，表达了荒妹对荣树的由敬到爱的具体变化。

小说发表以后，对于存妮和小豹子带有原始性质的感情冲动这段描写，我隐约听到一些批评。这引起我的深思。但我仍认为，如前所说的，"角落"里发生的这件事，是生活必然中的一个偶然。不写出这个偶然，不充分真实地描绘出存妮和小豹子此时此地特定的心理活动，就无法充分揭示出物质文明和精神文明贫乏的严酷的现实。从读者的反映和许多评论文章中，证实了我的初衷并未被误解。

然而在着手改编文学剧本时，这段描写的电影表现就成了难题。电影比所有姐妹艺术更具有逼真性。并不是任何宜于见诸文字的描写都同样宜于见诸银幕的。如何生动而严肃地表现这一场面，是对编、导、演的责任感和美学趣味的考验。

我和导演张其、李亚林两位同志，都不赞成哗众取宠、迎合观众的低级趣味、票房价值至上的庸俗倾向。在艺术的真实性和严肃性方面，我们有一致的见解。这一场戏的处理，我们从规定情景的必要与可能，审美观念的需要与局限，可能引起的各种不同的社会效果等诸方面进行了多次认真的探讨。我们相信，只要摒弃原始性质的感情冲动的粗野、低俗那一面，充分展现出存妮和小豹子的天真无邪、淳朴善良的心灵，就能调动观众高尚、美好的情感，对他俩"贫困的爱情"寄以深切的同情，进而对严酷的现实认识和深思。这就不致使观众产生非道德的观念和破坏观众的美感。

影片试映时，我看到导演根据人物心理节奏而采用了一组短促的镜头，杨海连、张潮两位同志的表演又那么纯朴自然，真挚感人，我激动得流下泪来。我由衷地感激导演和摄制组的同志在这一场戏里和其他许多地方丰富了剧作。

创作是十分复杂的思维活动，谈创作是件困难的事，因为作者本人往往无法说得清楚的。如上所述，是事后回顾起来做了加工整理，实际情形远不是这样冷静的。这只能说明生活感受和艺术探索的大体轮廓吧!

在又一个明丽的春天来临的时候,电影终于和观众见面了!四年来,中国农村的变化是多么巨大呵!我亲爱的"角落"的乡亲们,你们将含着微笑向《角落》所描绘的昨天告别吧!请告诉我你们今天的欢乐和信念吧!让我们为春天——生活和创作的春天——永驻而祝愿吧!

(原载《电影艺术》1982年第5期)

与意大利学生的通信

张　弦

安娜致张弦信

尊敬的张弦先生：

我叫Anna Balente（安娜·瓦兰蒂），目前在威尼斯大学中文系四年级学习。正着手准备大学毕业论文。

关于论文的主题，我向我的教授们，尤其是向系主任Mario Sabattini（马里奥·萨巴蒂尼）教授，提出关于您生平和作品的研究。

我曾经阅读了您的小说《被爱情遗忘的角落》，被这篇小说深深吸引，赞赏您所创造的女性形象的作品对现实世界及其问题的深刻描写。由此，我决定做研究您及您的作品的论文。

之后，我翻译了您的作品《银杏树》。作品对人物心理，尤其是女性心理的分析给我留下了深刻的印象。总之，每当阅读您的作品，我都被它们感动，并通过它们更加深刻地了解了您的国家和人民。

最近几个月，我一直在意大利和伦敦四处寻找有关您及您的作品的材料。虽然已经在一些中国杂志上找到一些，但还不够深入、全面。我冒昧地给您写信，希望能够通过和您本人的通信，对您及您的作品有一个更为深入、准确的认识。

如果不用您太多的时间，我希望您能够向我介绍一下您详尽的生平，以及您的作品目录（包括在何时、何刊物上发表）。

另外，在论文写作之后（大约在明年2月），如果不是特别打扰的话，我希望能对您进行一次通信采访，向您提一些有关您对当前文学创作的看法的问题。在此，征求您的许可。

我知道，您一定很忙，非常抱歉打扰您。但我想也许能通过我和您的接触，更深入地了解您的作品以及中国人民，并把他们介绍给意大利人民，最终增进两国人民之间的了解。

在此，对您在百忙之中抽出时间来，给予我帮助，谨表诚挚的感谢。随信附上我的照片，以使您对我有所了解。

等待您的回音！

祝您健康

安娜·瓦兰蒂

1993年11月26日，都灵（Torino）

以下是这次采访的有关问题,十分希望您能够给予答复:

1.在我所读过的您的作品中,使我非常感兴趣的是您的大部分作品现实地描绘了关于女性在生活中的位置这一主题。我想知道是什么使得您这样经常并极其深刻地处理这一主题?您的这些作品对中国女性的解放能够产生或者已经产生了什么样的作用?

2.在您的作品《被爱情遗忘的角落》中您描写了封建思想对中国的年轻女性的深深影响,在您看来,现今的中国年轻女性是否仍然受这种思想的影响?另外,在这篇作品的结尾,您给予了希望的信息,当今的年轻女性在现实生活中是否有同样的希望?

3.是什么促使您创作了《银杏树》?

4.50年代的文学创作气氛如何?为什么您的作品《苦恼的青春》遭到批判?

5.中国文学是否受到了政治因素的过多影响?

6.作家在社会中的作用是什么?

7.在您看来,现实主义作家的定义是什么?

8.您的主要的性格是什么?

9.您是否来过欧洲?您是否对西方女性的自由、独立状况有所了解?您如何评价?您是否认为中国女性应该向西方女性学习,或者中国女性应该寻求自己的自由、独立的道路?

10.是否有哪一位西方作家您认为与您相似?

张弦致安娜信

亲爱的Anna小姐：

1月4日收到您的来信，知道您迫切等待着我对您所提出的问题的答复。现在匆匆地按顺序答复如下：

1.我很难解释是什么使我"经常并极其深刻地处理""女性在生活中的位置"这一主题。在创作时，我几乎从不思考这个问题，只是把自己在现实生活中的观察和感受，尽可能真实、生动地描绘出来而已。但我的经历可能有助于理解我的作品。我九岁时就失去了父亲，和母亲、姐姐、外祖母生活在一起。这三个不同年龄层次的女性亲人，是我关怀女性的启蒙者。我的母亲是个坚强的女性，她23岁时嫁给了比她大30岁的我父亲，成为他第二个妻子（第一位妻子去世了）。我父亲去世时，她才33岁。当时正是日军侵华时期，我们家道中落，承担着子女、老人生活重负的她，不愿，也没有条件再婚，并且要靠自己艰辛的工作来养活我们。同时，她还不得不抵抗着男人的骚扰和欺侮。我从小非常敬仰她。我的同父异母姐姐比我大11岁，是个懦弱、内向的女孩。我经常偷看她枕边的爱情小说，参加过她和男友的约会。从她恋爱、结婚到生孩子的日子里，我一直和她生活在一起。无意中懂得了女生成长的秘密。外祖母是个善良而唠叨的老太太，外祖父很早去世了，她一直和我们在一起，经常教给我很多民谣、谚语。在这样的环境中长大的我，自然会更加懂得女性，理解她们的痛苦和愿望。这大概是我偏爱女性题材的重要原因。

我不能说我的作品对中国女性的解放产生了什么作用。文学作品,即使是最伟大的文学作品,对社会所产生的作用也不可能是明显的、具体的。它只能给人们精神上增添一些力量和慰藉。使我欣慰的是,我的小说受到读者,特别是女性读者的欢迎。她们来信告诉我,她们读了我的作品受到了震动,引起了对人生的思考;或者很感动,很同情小说中的人物。我觉得这就达到我创作的目的了。

2.中国受封建思想的影响太深了。《被爱情遗忘的角落》中所描写的,至今在许多农村年轻女性中存在着。但正如小说里提到的"春天的信息"那样,中国的改革开放确实大大地改变着人们的思想面貌。在城市中,在经济发达起来的乡镇中,封建思想已经逐渐被年轻女性所鄙弃。她们敢于自由恋爱,追求幸福。我想至少有半数以上的中国年轻女性,不再被家长包办婚姻。这是十几年来一个很了不起的巨大变化。但由于商品经济的兴起,拜金主义的思潮也侵袭着年轻女性们,纯洁的爱情依然难能可贵。

3.《银杏树》最初是听了一个真实的故事,引起我很多思考和感慨。我觉得女性依附男人的心理,在不同年龄、不同文化层次、不同社会地位的女性中,依然普遍地存在着。这使我产生了强烈的创作冲动。我想把我的思考通过艺术形象告诉人们,引起他们(特别是她们)的反思。

4.五十年代中国曾有一段短暂的"文学的春天",那时毛泽东提出了"百花齐放"的口号,鼓励作家自由创作。但到了1957年夏天,他却发动了"反右派运动",大批知识分子和作家遭到批判。当时崭露头角的青年作家们几乎无一幸免,著名的有王蒙、刘宾雁、白桦等。我也是其中之一。我的尚未发表的小说《苦恼的青春》被认为是"丑化共产党干部、美化资产阶级知识分子"而予以批判，我也因此被定为"右派分子"。

5.无疑的，中国文学受政治影响太大了。政治的干预和束缚是中国当代文学最大的不幸。但从1979年以后，情况有很大的改变。人们称之为"新时期文学"的这十多年，确实好多了，因此出现了许多好作品。不过完全没有政治因素的影响的文学，在中国似乎不可能出现，也不符合现实生活的真实。

6.作家在社会中的作用，这个题目太大了。简单地说，他应该是社会的良知，是对真、善、美的赞颂，对假、丑、恶的批判。

7.在我看来，现实主义作家是对社会生活有深刻的理解，并将它真实地反映在作品中的作家。这里说的"真实地"，不是"照原样地""不需要艺术加工的"，而是不改变生活本质面貌，不流露自己的思想倾向，不编织巧妙的情节，不刻意塑造理想的人物，等等。

8.我的主要性格是温和与软弱。

9.我没有去过欧洲。对西方女性的自由独立状况了解很少，因此无法评价。但我相信，西方和中国历史、文化背景迥然不同，西方有很多值得学习的东西，却不能全部照搬到中国来。中国女性应该寻求自己的自由、独立的道路。

10.我读过一些西方作家的作品和传记。大概也是由于历史、文化背景完全不同的缘故吧，实在找不出哪一位西方作家与我相似。

很匆忙地写了这些，不知您满意否？希望对您的论文有所帮助。以后如果有什么需要我做的，请不必客气地来信。

我忍不住要再一次称赞您的汉语成绩,实在太好了!同时我还要感谢您这样热情地关爱我的作品,并将它们介绍给意大利读者。

祝您的论文获得成功!祝您的学业获得成就!还祝您健康、快乐、永远美丽!

您的朋友

张弦

1994.1.17于北京

编者附记:几个月之后,张弦收到了寄自意大利的安娜的论文。那是厚厚的一本精装书,其中包括安娜翻译的《银杏树》。

〔选自《张弦文集》(小说卷),解放军文艺出版社1999年7月出版〕

张弦自传

张　弦

我于1934年阴历五月十一日在上海出生。祖籍杭州。我从小就知道"上有天堂，下有苏杭"这一说，所以日后填履历表时，总是自豪地写上"浙江杭州人"。

我父亲青年时代是个热衷于"实业救国"的知识分子。后来破了产，在上海一家银行当高级职员。母亲是浙江湖州南浔人，自幼丧父，在开丝行的伯父家长大，上过洋学堂。由她伯父做主嫁给了比她大三十岁、有三个子女的父亲续弦，但她对此似乎颇为满足，从无怨言。她对父亲一直称呼"少爷"，不叫名字，这是我小时候总觉得很奇怪的事。

我出世时，家道小康。三岁，抗日战争爆发，从此就在兵荒马乱中度过我的童年。七岁时全家迁到南京。九岁，父亲病故。两个哥哥早已离家去了大后方，母亲学会了打字，当了打字员,又给姐姐谋了个雇员的职业,以两人微薄的工资养活外婆和我,生活颇清苦。记得有一年夏天,家里来了客人,母亲买了个西瓜请他。我大概第一次吃西瓜,吃相不雅,吞落一粒瓜子下肚就惊慌地叫起来,弄得母亲很难堪。客人走后,她狠狠打了我一顿。

我家附近有块空地,一个评书艺人在那里摆摊。我每天放了学总要在那里听上两段。什么"秦琼卖马""林冲夜奔""三气周瑜",等等,很使我入迷,从而引起我读书的兴趣。我读的第一本书是《说岳全传》,后来弄到了一套《七侠五义》,读完以后竟异想天开地试图自己写书了。恰好有个志同道合的同学,每天同路上学下学,你一言我一语地编故事,由我回家执笔。他姓陈,所以设计了个主角叫"出洞虎陈忠",另一个主角当然是姓张了,叫"托天手张义"。可惜这部"书"只写了三回,陈忠、张义结拜为兄弟之后,就怎么也想不出下文来了,只得作罢。

1945年我小学毕业,正值抗战胜利,国民党政府接收了南京,我进了第二临时中学(后改为市立五中)。那时学校附近有许多出租小说的书店,租价很低,我成了那里最热心的顾客之一。不管什么书抓到便读,剑侠、神怪、言情乃至色情的,都囫囵吞枣,两三天一本,根本不知道选择。随着年龄大起来,书也读多了,渐渐感到那些书都是老一套,没多大意思了,这才开始接触真正的文学作品。读了茅盾、巴金、老舍的著作之后,眼界大开,十分振奋。原来我们的社会是这样的!原来我们周围的人是这样生活着、追求着、奋斗着的!我仿佛懂事了不少。

高中一年级时，有位高三的同学看了我的墙报稿，来找我谈话，建议我给报纸投稿，还拿出他发表在报上的文章给我看。我颇受鼓舞，就试着写了篇杂文，题目叫《挤》，内容是讽刺国民党统治下的南京，处处都在挤，有的为谋生，有的图发迹。这篇幼稚的短文居然在一张小报上发表了。我不免暗自得意，却不敢告诉家里，因为母亲、姐姐一向反对舞文弄墨，认为那是会惹是生非的。

这一年冬天，我随二哥到了江西上饶。由亲戚帮助，进了收费低廉的玉山扶轮（铁路员工子弟）中学住读。这个学校虽设在玉山这样的小县里，但同学均来自浙赣线上的各城市，思想十分活跃，革命空气很浓。有个进步同学的文艺社团"青青社"，当时唱的歌就是从解放区传来的。我入学不久就参加了他们的活动，唱歌、跳舞、排戏、联欢、闹学潮……对于长期生活在政治重压的南京城和单调寂寞的家庭里的我来说，那一个学期的日子确实是丰富、愉快的。就在这样的气氛中，我们迎接了解放。解放军一进玉山县城，整个学校沸腾了，第二天很多年龄大些的同学就参了军，"青青社"的骨干都成了文工团员。当时我刚满十五岁，个子又瘦又小，只有羡慕的份儿。

当时我二哥已去了汉口，姐姐、姐夫尚未安排工作，母亲到上海寄居在亲戚家。学校放假后，我到了母亲那里。上海刚解放，一切处于新旧交替状态。我一时无法继续上学，到处找工作，终于考上一家私营化工原料商行当学徒。这家商行是捐客性质的，自己没有资本，在原料厂与纺织、印染厂之间做转手买卖。"写字间"设在哈同大楼的一间小屋里。一个经理，三个学徒，两部电话。我的工作是跑银行送支票，押送货物，兼做杂事。工资只够零用，但管三餐饭。我在那里干了七个月，因上海工商业管理渐入正规，商行停业了。这时南京的姐姐姐夫都有了工作，母亲也回了南京，我也就回南京重新入学，跳了一级，上市五中高三。

我们的班主任蒙圣瑞老师教语文。他曾在解放区当过记者，学识广博，思想水平高，教学生动活泼，善于启发同学思考。在他的指导下，我们几个爱好文学的同学办起了"五中文艺"墙报来。我任副总编辑，分管编辑工作。第一期墙报在南京市大中学校墙报比赛中获得了第一名。市文联的刊物《文艺》上还选登了我在墙报上发表的一篇评论和一首快板。这给我莫大的鼓励，想当作家的念头不禁油然而生了。不过在高考时，我踌躇了一番，还是报考工科大学。因为我从苏联的很多工程师写的作品中感到，做个工程技术人员，直接投身于经济建设，如果能有深切的感受，写出作品来，同样可以成为作家；写不成作品，就老老实实做个工程师，也很好。

1951年暑假，我考上了华北工学院冶金专修科，到了北京。校址在东皇城根亮果厂。第二年院系调整，我们并入了清华大学。这两年的大学生活，是我最难忘的日子，对我一生各方面的成长都起了决定性的作用。1952年7月，我加入了新民主主义青年团。

这两年也是我读书读得最多、最广的时期。我通读了《鲁迅全集》和大量茅盾、巴金、曹禺的著作，以及中外古典名著。我最倾心的是托尔斯泰、巴尔扎克、屠格涅夫和杰克·伦敦，苏联反映卫国战争和战后建设的作品也使我热血沸腾。

1953年夏，我们毕业了。毕业前，大家都豪情满怀地表达了"到祖国最需要的地方去"的志愿。我与十几位同班同学幸运地分配到了举国瞩目的鞍钢。那正是第一个五年计划的开始,作为三大重点工程的建设者,我们是何等自豪啊!任务紧张,责任重大,把全副精力用来学习、工作尚且不够,哪有时间看小说、练写作呢?当作家的念头只有抛在一边了。

但是,沸腾的生活不断地冲击着我,使我激动不已,无法安宁。我觉得如果不把自己的感受写出来,简直是一种失责,一种对新生活的建设者们的负债。1955年秋天,我每天下班后回到办公室,挪开图板上的图纸,开始偷偷地写作,写出了第一个电影剧本《大学毕业生》。写完初稿,却不知往哪儿寄。这时我想起了钟惦棐这个名字,我曾读过他不少见解深刻的电影评论,就冒昧地把稿子寄给了他。不久,收到一封信,牛皮纸信封上印有"中国共产党中央宣传部"的红字,吓了我一跳。原来正是钟惦棐写来的。他说,读了我的剧本,感到"清新、流畅","经过修改是可以成立的"。还说,如果方便时来北京面谈更好。这真令我喜不自禁了。而恰巧这时我已调往北京黑色冶金设计总院工作,正在交接中。1956年的春天,我到了北京后立即去拜望了他。

钟惦棐同志思想深邃,学识渊博,待人热情、真诚,给我留下很深的印象。此后我就经常登门受教。他谈我的剧本,谈电影文学的特性,更多的是谈思想,谈生活,谈历史,谈社会。听他谈话,是一种享受。每次离开他的家门,我都觉得自己聪明了许多,充实了许多。我为找到了一位良师而深感庆幸。

在他的帮助下,我对这个剧本修改了两次,刚创刊的《中国电影》就决定在第二期（11月号）上发表了。钟惦棐同志建议改名为《锦绣年华》，亲笔题签，还写了一篇题为《写青年人的和青年人写的》的评论。剧本付排前，他问我用什么笔名。我原名张新华，我希望保留张姓，另取个单名。他说："你从南京来，南京有个玄武湖。就用玄字，再加个弓旁。这样含义也深些。怎么样？"从此，张弦就成了我的笔名。后来，在文化大革命中，为此笔名，斗了我三天。"张弦就是张开弓弦，张开了弦要干什么？当然是射箭！箭射向谁？当然是射向党，射向社会主义！"

去修改《锦绣年华》期间，我写了小说《上海姑娘》。《人民文学》改名为《甲方代表》在11月号发表。这篇小说引起了北京电影制片厂汪洋厂长、成荫导演的兴趣，邀我尽快改编成剧本。1957年初，剧本通过并投入拍摄。不过它有点生不逢辰，拍摄期间反右斗争开始了，以后虽经导演的修改，加上了一位党委书记，但仍然认定"有严重错误"，1959年初，一面公映、一面批判。其时我已在工厂"监督劳动"，偷偷地买了张票在电影院看了一场，散场时心中说不清是什么滋味。

《甲方代表》发表后不久，《文艺报》邀我参加一次短篇小说座谈会。侯金镜同志主持。在这次会上，我有幸认识了林斤澜、王蒙、邓友梅、刘绍棠、王愿坚诸君。他们大都与我年龄相仿，但早已成绩斐然了。跻身席间，我既兴奋又惭愧。

接着我又发表了两个短篇。渐渐感到自己的作品肤浅、单薄，很不满足了；很想写出触及社会生活较深的东西。我把自己在生活里的感受和思考请教惦棐同志，他给了我很多启发，鼓励我写出来。1957年春，我写了中篇小说《青春锈》。写完时正值新民主主义青年团改名为共青团，我充满激情地在稿尾署上了"初稿于1957.5.14——共青团诞生前夕"。万万没料到我正在给自己栽下一条祸根。

不久，反右斗争轰轰烈烈地开展起来。九月间，《人民日报》突然披露了"电影界大右派"钟惦棐的"罪行"。我大惊失色，不知所措。接着，文化部"整风领导小组"找我谈话，要我揭发，并确定我在批判大会上公开发言。我这个从未经历过政治风浪的二十三岁的青年，顿时陷入了极大的矛盾和痛苦之中。在我的面前，一边是党，一边是钟惦棐；党当然是正确的，可是钟惦棐又错在哪里呢？我怎么能揭发他，又揭发他什么呢？那几天，我第一次懂得了什么叫痛苦的煎熬。终于，我按照"领导小组"的意见写了批判稿，在批判钟惦棐的大会上念了。这件事，我一直深深感到歉疚。二十一年后我与惦棐同志重逢，他热情、坦荡如故，谈笑风生，绝口不提这段往事。也许他完全忘了，我也至今没有对他说过一句道歉的话。说什么呢？即便说上千万句，又能消除我心中长久而深重的负疚之情么？

尤其表现了我的单纯、幼稚和"不设防"的，是在反右高潮过去之后的"向党交心"运动中，我向组织交出了《青春锈》的手稿，真诚地请求组织上帮助我提高认识。所换来的结果是，以写"反党小说"的罪名被定为右派分子。

二十二年后，这部小说改名为《苦恼的青春》发表了。我在它的前面，写了一段话，叙述了当时的心情。

"正如同样处境的许多人一样……我一遍又一遍地检讨；对自己彻底怀疑，坚决地否定；接过别人的鞭子痛打自己的要害；撬开灵魂的缝隙灌进污水，再抽出污水在显微镜下化验；勇猛地把自己推向敌人，再在敌人的地位举手就擒……而这样做，恰恰完全出自理智的、虔诚的、甘心情愿的、心灵深处的忏悔！"

从此，开始了我的"罪人"的生活。先在工厂劳动。1959年春随干部劳动锻炼队伍到湖南岳阳荣家湾公社监督劳动。这是我第一次下农村，但很快就由一个"四体不勤、五谷不分"的书生变成了会车水、插秧，能挑一百四五十斤担子走远路的壮劳力。一年后回北京，到安定门外设计院附设农场，当上了赶马车的把式。学会了甩长鞭、直着嗓子指挥牲口。在马棚里度过"瓜菜代"的时期。1961年10月，摘掉了我的帽子。时值马鞍山设计分院成立，便主动请调。11月，来到安徽马鞍山市。

不久，广州会议的精神传达下来了，文坛又有了春意。我也就不甘寂寞起来，便与南京的一位老同学合作，写了戏曲剧本《莫愁女》、小说《寻表的故事》，《莫愁女》于1963年春节由南京市越剧团公演，颇获好评。马鞍山市文化局正需要编剧，就把我调到了那里。我当了专业编剧后，方知写戏之难。1964年写了一个戏，领导决定署"集体创作"名，参加省现代戏调演。就在这次调演中，传达了"两个批示"。我明白：运动又来了！等着挨整吧！文化大革命一开始，我就无可争议地成了全市重点对象，这在我可以说是早有所料的。

接着是夺权、打派仗、武斗，对我们这些"死老虎"却放松了一些。1967年11月，我结了婚。妻子在南京一家工厂工作。此后我们风雨同舟，度过漫长、艰难的岁月。第二年进干校搞"斗批改"（对于我，应说成"接受斗批改"）。我的案子在1970年2月作结论，"重新戴上右派帽子"，生活费25元。这时我们已有了一个儿子，女儿也在两个月后出了世。家累深重，生活穷困。每月放一次假，回家第一件事是翻箱倒柜找出可以变卖的衣物来。

1972年初干校解散。在这之前，有的下放，有的押送回原籍，都处理了。我无处可送，便送到了市郊慈湖公社林里大队交社员监督。乡亲们待我很好，并不派我干什么重活，节日搞一次五类分子训话，也对我另眼相看。我还受到党支部的"重用"：给大队的文艺宣传队编写演唱节目。我当然全力以赴，要什么写什么。一度竟成了快板、相声、对口词等的"全能高产作家"。在队里，我包写借据、便条、家信、入党入团志愿书以及打官司的状子。1974年，被叫回原单位"落实政策"，"落"到电影院劳动。把"闸子"、对号、打扫卫生，得以接触了大量最普通的劳动者，从医院到派出所，从早点铺到公共汽车公司，到处有熟人，被尊称为"张师傅"。在电影院一直耽到1978年4月。

粉碎了"四人帮"，日出天开了。我的心振奋起来，又重新拿起了笔。1977年秋，写了电影剧本《心在跳动》（即《苦难的心》）。第二年的6月，接到长春电影制片厂来信，邀我去修改剧本。于是，我又回到了创作的道路上。

1983年4月，我调回了南京，在作协江苏分会专业创作。

在刚出版的小说集《挣不断的红丝线》的后记中，我写道："我深知自己是一个笨拙的作者，惨淡经营着每一篇作品。我不敢奢望它们能有力量'干预'什么，或者'教育'什么人。我充满自信的只有我的真诚,对人民、对大地一如既往的真诚。我努力追求的只是真实地再现生活,比生活本身更真实地再现生活。"

我走过一段艰辛的路。命中注定,我仍将艰辛地走下去。

1984.1　于南京

(原载《作家》1989年第5期)

忆张弦

邵燕祥

在将近半个月使人窒息的春阴以后,今天春分,风和日丽。但翻开张弦的小说、电影剧本和他身后才发表的一部未定稿的中篇,我轻快的心情忽然变得沉重,而且沉入悲哀了。

是的,两年前,张弦是在江南那凄风苦雨之夜离开了他所留恋的亲人和人世的。他本来忍受着癌症晚期带来的巨大痛苦,盼望一再延期到3月21日的聚会不再延期,他要前去和那些多年共过事、彼此交过心、互相理解互相支持过的影剧界朋友再见上一面,说几句临终的话,关于对自己做到了和没有做到的,关于朋友们的感激之情。然而,死亡剥夺了他这个最后的机会。

听说张弦在去世前三天,还跟医生说他的心情,要像年轻时那样"拼一拼"。听了这话我问自己,我对他真的理解吗?

我从来没有把他和"拼一拼"联系起来过,在我的印象里,他一直是潇洒自如的。1956年在刚刚创刊的《中国电影》上读到《锦绣年华》这个剧本,就知道必然出于锦绣年华的作者之手,那陌生而清新的名字张弦,果然是翩翩年少。接着看到《甲方代表》(《上海姑娘》),期待这位科班出身的工程技术人员,能写出更多在大工业背景上音容笑貌纷然杂陈的青春故事,我相信这在他是得心应手、驾轻就熟的,用不着"拼"就能写出来。

谁知一别就是20年。1977年我去皖南地质队路经马鞍山,竟意外地听说,这个才华横溢的电影剧作家,曾经被分配到电影院"领座儿"。我并没因此热泪盈眶,而是苦笑而已。因为我听说文艺评论家、老编辑唐因在哈尔滨"落实政策"时,是让他上一个营业浴池去报到的。在掌握着对普通人"生杀予夺"之权,从而也掌握着强词夺理的话语权者面前,这都是不容置辩的"革命需要"。剥夺知识分子从事熟悉和热爱的专业的权利,想办法从肉体和精神两个方面折磨他们,力图摧毁他们的自尊,他们的信念:这大概同属于"革命需要"之列。我不知道张弦在这个"革命需要"的"岗位"(如果也叫岗位)上干了多久。后来张弦复出的第一篇小说《记忆》,写一个女电影放映员因颠倒了一段胶片而被颠倒了半生,也许就跟他那一段生活不无关系。他说苦难带给他的"困惑、苦恼和沉思",在他重新执笔时,都成了他的"财富和力量"。可能他就像《记忆》中的女主角那样,原谅了那加害于他的一切吧。

从1979年到1981年,短短三年里,张弦接连写出了《被爱情遗忘的角落》《未亡人》《挣不断的红丝线》《银杏树》等名篇。看得出他"从新的起点出发,努力思考和探索下去"。而我觉得这好像是水到渠成,用不着他怎么"拼"的。

现在回头来看,在这些篇章里激荡着他的悲悯之心,怕也凝结着他对中国血泪历史的思考。他直到晚年爱说一句话,"性格即是命运",这句话已镌到他的墓碑上。他在小说和剧本里写了一些人,尤其是青年和中年的女子,她们的性格,她们的命运。多半是善良的人,她们爱,她们受害,受骗,她们失望,绝望,她们痛苦,无告,她们沉沦,或者默默死去。

在特定的社会条件下,善良的性格导致悲剧的命运,这似乎是必然的,无须论证的。对于普遍发生的事情,我们往往麻木了,习焉不察了。只因读了张弦的女性系列,才又想起了我们几十年间所遇见、所听说的若干平民女子的遭遇,难免废然而叹。张弦刻画了女人们的痛苦,体贴入微,似乎只是为了表达一种无可奈何的同情和理解,然而这些悲剧人生体现的宿命,不能不引起读者良知的战栗,使我们感到了所谓思想大于形象的那些有待咀嚼的内涵。

有一次,在偶然交谈中,不记得是提到杨玉环,还是历史上别的什么女性,张弦说起中国历来读书人与女性在命运上的相似之处。诚然,被豢养的地位,依附于人,不能自主,无独立人格可言,从思想到行动都是不自由的:难道不正是这样吗?也许张弦在写女人们的性格和命运时,并没想把从古至今中国读书人都捎带着写进去,但不排除读者做这样的联想。而张弦有意无意间,总是把对读书人可悲命运的同情寄托在笔墨之中了吗?

五四文学的特点之一,是突出了诸多社会问题中的恋爱婚姻家庭问题，往往从女性的命运折射出被压迫阶层的命运，发出控诉和呼喊。一直延续到三四十年代，包括革命文学在内。这印证了经典作家所说，妇女解放的程度是衡量社会解放程度的标志。而后来的革命，把人们对自由的追求，集中引导到争取政治参与自由——归根结底是夺取政权的轨道上去；在这种情势下，女性的权益似乎只是从属于集体的个体的局部利益，因此毋庸讳言应该放到第二位。于是，在文学作品中，有关女性在恋爱婚姻家庭问题上的个人自由这一主题，像一切有关个人生活空间的主题一样，冲淡了以致消失了。然而，离开了个人自由和个性自由，更不用说抹煞了每一个人作为自由的主体之后，自由岂不仅仅剩下一个空壳？事实上，张弦小说中的那些可怜的女子，并没有得到以一代人的个人自由换取的真正意义上参与公共生活的自由，自然也没有得到对个人生活自由和其他个人权利不受侵犯的保障。

从这个角度看，张弦的女性系列，在新时期文学作品群中的意义，就绝不是当时所说的"拨乱反正"，而意味着重新唤起对个人自由的向往，真是"古调虽自爱，今人多不弹"了。

从1982年起，大约是他的小说改编成电影，并获得什么奖项，张弦一夜之间成了新闻人物，这绝不能说不是好事；他差不多由此向影剧创作倾斜，小说家之名渐为剧作家之名所掩，实至名归，这个定位也符合他早年即以电影剧本名世时最初的选择，当然也至少不是坏事。我作为他的朋友和最早的读者，却在八十年代后期执拗地盼望他继续以主要力量用于写小说。现在看来，是不懂得他把剧本改编这一"再创作"同样看成一个切切实实的艺术创造过程，并且也确实付出了相应的劳动；

囿于某种先入之见,我是把剧本的改编更多看成一种专业技巧性的技术处理,好像他只需要付出时间,而无须全身心地投入。我曾经半开玩笑半认真地强烈地呼吁他:再给我们读者写出更多好小说来!今天看来,这样的要求几近相强,可能在他精神上形成一定的压力。因为,他后来告诉我,试过了,但是久不写小说,不顺手了。平心而论,写剧本,既是他的初衷和宿愿,是他的兴趣所在,又是他的长项,他在整个八十年代直到九十年代中,剧本写作的数量和质量都对得起中国千百万的影视观众,他已做出他可能做出的,而且是别人无可替代的贡献。

张弦谈到我的写作时,笑说"你的尖刻的杂文",是说"尖刻",而不是一般人所说的"尖锐"。或许包含有我对人对事过于苛求的意思吧。知我罪我,对于我上述不情之请,他当会一笑置之,加以原谅。以性格论,张弦不是剑拔弩张的人,而是善于理解和谅解别人的人。

在他逝世前不久,从南京的病房里打来一个电话,以微弱的声音,向我要书,我知道他是看到了先在报上刊发的一篇书序。但那书还没出来,只能另外寄了别的书去。近日翻读旧信,他在1981年收到我一本赠书时,曾经说:"我们这一代走过三十年多么困苦的路,而且还要更加困苦地走下去。可慰者,你总算留下点东西了,让后代评说吧!"那时复苏不久,再次入世不深,大家还保留着五十年代的思路,其实我的那点"东西",是断然不会传世的;再进一步说,诗也罢,文也罢,影剧也罢,能在当时进入受众的视野,得一点好评,所谓"各领风骚三五年"就很不错了,要想进入异代人的生活,并在异代人中博得知音和欣赏，是很不实际的奢望。我从写杂文起，自知为一时一事写的都是"时文"，只求与当下的读者有所沟通，而不抱"以杂文传"的想法；将来的读者如有余暇，自会去读那时的"时文"，再吃多年前炒的冷饭，累不累呀？只有极少数大家，他们的作品因本身的意义（思想上和艺术上），超越了时空的局限，才会免于尘封故纸堆中或随岁月而化去。这同"人事有代谢"是一样的机理。张弦通达，大约也不存在什么"不朽"之想，因此他在创作中从没有哗众取宠之心，只是真诚而平实地讲一些普通人的故事。这些故事的主人，他所深深同情的那些善良女性终将都不在矣；但是若干年后，总会有某一个雨天，某一扇窗前，一个多少阅历了人生的女读者，也许是偶然地读到了张弦的一本书，读到善良人的不幸，随着檐声滴沥，她的心也浸沉到悲悯之中，一滴泪或许夺眶而出，这在张弦，也就足以引为知己了。

张弦已去，两年来，秦志钰在一如既往地拼命于编导工作的同时，还为整理出版其遗作尽心尽力；为了张弦，也为了读者。这是令人感佩的。

张弦属于他所爱和爱他的人，属于他所爱和爱他的读者。

1999年3月21日

［此文为《张弦文集》（小说卷）之序］

写给张弦

秦志钰

亲爱的弦:

漆黑的窗外下着小雨,滴滴答答落在遮阳篷上,像敲击一面低沉的小鼓,已是12点了,我仍不能入睡。

今天是你离开我一年的日子。这一年,你在那新的世界里,是否也像我这样思念,是否也想过给我写信?

在你常用的一只旅行箱里,放着我们多年的通信,它们一沓沓扎在一起,无声地躺在那里,等待着我去抚摸。

在没有电话只能通信的日子里,我是多么盼望能装上一部属于自己的电话啊,一拨通号码,就能在那一端听见你的声音,不用到邮局去排队苦等,也不用在传达室大妈"有长途!"的呼叫声中飞奔下楼,生怕在接话之前又被挂断。

那时我们的对话就是写信,一封封南来北往的信带着怦然的心跳和急切的焦虑，混合着醉人的相思和揪心的苦楚在你我手中传递。

后来我们有了电话，信写得就少了，无数次的通话化成每月长长的电话单。打电话成了我们对话最重要的方式，也成了我们开支的重要项目。

可现在，我是多么恨电话，因为话音已经消逝，没有记录下来，只记得打了许许多多电话，但是讲了什么，却记不清晰了，那声音、那情景像梦幻一样也永不能重现了。

唯有信，这些装在各色信封里，盖着不同地址邮戳、贴着各色邮票的长短不一的信，却实实在在地存留下来，留下了各样字迹，也就留下了各样声音，各样情绪，各样场面，各样故事……

有信真好！

所以，我还是提起笔给你写信，并且，不用电脑，像你一样，仍用那支心爱的派克钢笔。于是，那从笔端流出的便不是字，而是<u>丝丝缕缕</u>的感情！

可，想写的话太多了，多得要把我全部埋住，无从下笔……

还是从你最后问我的问题写起吧。

去年三月中，你已进入病危，在昏睡中醒来，你突然问我："我是一个什么样的人，虽然做错了一些事，但总是个好人吧？"我一愣，心想，怎么问我这么个问题？

"当然是，你当然是好人！"我不假思索，立即回答，眼睛随之也湿润了。

你抿着苍白而干涩的双唇，朝我微微一笑，柔和的目光注视着我,我看见,你的眼中也噙着一团泪。

本来我想接着往下讲一串理由,好让你高兴,但是,从你的眼光里我感到那都是多余的,一切都不需要重新诉说,一切都融进这会心的注视之中了。

这一刻,真是刻骨铭心!这一刻,仿佛化为了永恒!直到今日,我凝神朝空中望去,你那副神态就浮现在我的眼前,久久不能退去……

我们就这样默默地注视了十几秒钟,少许,你把右手从被子里伸了出来,我紧紧地握住它,轻轻地抚摸它,抚摸着这只枯瘦无力、苍白发凉的手,然而就是这只手,写出了多少优美的文字,刻画了多少活生生的人物,牵动过多少人的心啊!

终于,我忍不住哭出声了,泪水顺颊而下,此刻,你的双唇也在颤抖,我感觉到,你也是在强忍着心中巨大的伤感。我慌乱地安慰你,把你的手放进被子,转身跑进卫生间打开水龙头,任哗哗的水声遮掩我的抽泣……

一年了,你的这句话,一直在我心头萦绕!你。当然是好人!

好人是什么?好人就是善良的人,真诚的人,勤奋的人,敬业的人,有德行的人;好人就是己所不欲勿施于人的人;就是能与亲友患难与共并能自省的人;好人就是没有害人之心而又少防人之心的人;好人就是能忍受别人难以忍受之事的人;好人就是宽厚、老实,甚至软弱的人!

这就是你,你就是这样一个十足的好人。善良、谦和、富有同情心、能忍,甚至有些软弱。几乎所有和你有交往的人,都不约而同对你得出这样的印象。你也曾给自己的性格写下了

"温和、软弱"的定义。然而,不但你不明白,我也不明白,对你这样一个与世无争的散淡文人为什么上苍偏这样无情,不仅让你半世受苦,还要过早地夺去你生存的权利,你怎么能不在生命尽头大声质问:为什么这样不公平啊!

"有的人活活的死去,有的人却死死的活着。"

你告诉我,这是你的恩师钟惦棐说过的一句话。钟老病逝的时候,你反复地讲着这句话,我永远不会忘记你说这话时沉重和愤怒的神情。当然,连你的愤怒也是温和的。

喜欢温情缠绵、善待别人、同情弱者,是你的天性。因此,在人际关系冷漠的今天,你却拥有许多朋友,正如黄蜀芹导演说你是可以作为朋友的一种合作者,这是十分难得的。她的话,代表了大家对你善良人品的回报。除了对工作的精益求精、一丝不苟之外,才思敏捷,善于言谈,平易近人,乐于助人,便是你获得朋友的资本。尤其是当朋友倒霉的时候,你更是会不惜一切去帮助他。记得在你病很重的一个冬日,为了支持一个朋友,你不顾医生的劝阻,一定赶到会上去投上一票。你说这样才安心。结果,那位朋友落选了,你难过了好几天,并在日记上写道:"……中午饭吃得极为难受,为近年来所未有之痛苦,好人为何总是没有好结果?"

在家里你是一位慈父。为了两个孩子的学业和前途,你花费了多少心血啊!终于帮助他们考上了令人羡慕的重点大学,得到了满意的工作。对我的两个孩子,你也同样关怀备至,从不另眼看待,因而深受他们的尊敬。作为丈夫,你在百忙中还分担着许多家务活,尤其是你喜爱并在行的装修设计和修理小物品等杂活,包括如何捆扎书籍行李等细小的事情,做得都十分地道。你是妻子的最佳购物伴侣,对商品挑选的细致认真,连我都自愧不如。对于饭菜,你从不挑剔,总听见你夸我做的菜好吃,使我感到为你做好吃的是一件享受的事情。而节俭已成习惯的你,剩下的菜也不让倒,还抢着把它吃掉。穿着上你也不讲究,许多衣服不到穿得十分旧是舍不得淘汰的。相反,却总是鼓励我多买些漂亮衣服穿,多花钱也舍得……我的邻居常说:"你们家张老师一点大作家的架子也没有!"你听了呵呵一笑,说道:"摆架子的才不是什么好作家呢!"

弦,我不是在为你评功摆好,生活在一起的时候,这些事很平常,不觉得有什么了不起,可当你离去之后,才觉得这一切都是那样的珍贵!

然而,仅仅把你的个性归结为温和和软弱我感到只是表面的一层,仅有温和和善良,只能做一个平庸的老实人;唯有从苦难中拔起,笑傲江湖之人,方能创造出生命的奇迹。在温和和软弱的下面,包裹着的是坚韧和顽强,是和命运抗争的非凡勇敢,是对文学艺术苦苦求索的执着。这些品格才是你生命的核心,才使你在遭到政治迫害后获得短促的自由创作的年限中放射出那样绚丽多彩的光辉。

我这样讲,你可能不同意,认为把你说得太张狂了。

"我很疏懒,写得太少了,太惭愧了!"你总是这样谴责自己。

谦虚,的确又是你的一个优点。

痴迷的观众,好心的友人,虔诚的读者,总是希望你快点写,多写点,可他们哪里知道,这要耗费多大的心力!记得你说过,写作的劳动量,相当于拉板车,区别是在于消耗的是大脑,不是四肢。从这个意义上讲,你是不折不扣的劳动模范!

在你复出的十七年中(1979—1997),你共写了三十几篇小说,十八部电影(不含数部未投拍的),四部半共120集电视剧(含未拍的《赛金花》《陈圆圆》),还有数十篇散文、评论等。其中许多已成为脍炙人口的名篇名片。像《记忆》《被爱情遗忘的角落》《银杏树》《湘女萧萧》《唐明皇》《双桥故事》等。

从质量上讲,这些作品共荣获了国内国际的重要奖项(不含省级)十六次。

也就是说,你平均每年要写一部能投产的电影,八集电视剧,三四篇小说散文等。

难道,还能说你疏懒吗?

我不能不提及的是你创作态度的严谨和认真,那真是我永远的榜样!

无论写什么,长至几十集电视剧,短至一个提纲,对于你都是神圣的。一丝不苟,逐字推敲,力求完满,近乎苛刻。即使是某些人容易忽视的稿面,你也容不得半点零乱,否则就一定再抄一遍,每一页都像是你的设计图纸一般,你才安心。谢飞导演曾特别夸赞你的手稿格式工整,字迹清秀,一看便知作者是成熟老到,并且认真严肃。因此,你创作的速度,就比一些快手要慢一点,当催稿紧迫时,你就得日夜兼程,异常紧张。

你病重时,曾对一位记者谈到《唐明皇》的创作,感慨万分:"……写唐明皇,一共四十三集,整整一年半,没有一天在十二点以前睡过觉!"剧组的人也心疼地称你"把脸都写绿了"！在那紧张的日日夜夜，我一直陪伴着你，帮你阅稿，做饭，尽量减轻你的负担，但也取代不了你的过度辛劳。且不说为了了解唐代历史及生活细节，你翻阅了多少书籍资料，单为了几首唐诗出处的准确无误，你竟翻遍了那厚厚的全唐诗！后来，《唐明皇》得到历史专家和观众的一致肯定，并且屡演不衰，与你的这种严谨是分不开的。

创作中你坚持现实主义手法，并且已经形成了自己独特的风格，因此你在小说创作上及电影剧作上都取得了卓越的成就。即使是写电视剧，在"戏说"满天飞的情况下，你也是坚守现实主义传统，坚持雅俗共赏的追求。你不反对别人"戏说"，但却藐视滥说，你认为作家要有社会责任感，决不能只顾挣钱而丢掉自己的品位。你说自己的作品必须经得起时间的考验，否则就不是张弦了。每到这种时候，我就发现你的神态是那么自信和坚定，倒少了平日的谦让和温和，更使我从心底感到折服。作为一名优秀的作家，你追求的绝不是浮名，而是"写几部能留下来的东西"。这个目标如一座高耸在云端的圣殿，令你匍匐礼拜，鞠躬尽瘁；令你对自己百般挑剔，总是不满，总是惶愧于人。

但是，你的"惶愧"绝不是唯诺和迂腐。你的聪明不仅在于有写作才华，同时还在于你对市场经济有天生的敏感。比起许多迂气十足的文人，你的脚步是较早地涉进了市场的波浪。如果不是政治运动的无情干预，也许你早就蹚出一条以文致富的路子来了。

去年七月在南京举行的"张弦电影作品研讨会"上，对你的文学及电影剧本创作的成就，专家们给予高度评价。同时对你后期在市场经济中的转变和努力也做了认真的研究,尽管尚未得出什么一致的结论,但是他们已经看出你的走向和变化。这就是了解市场,适应市场,占有市场,改变文人不谈钱的迂腐之见。争得自己应有的价值,反过来再获得创作自己愿意写的作品的自由。

为此,你写了几部商业性较强的电影剧本和电视剧。虽然一些人说你"在电影界鬼混",但你却有自己的主意。

也许是因为你是银行经理的儿子,对于钱有着本能的感情,并且幼时也曾有过一段不愁吃穿的日子。这段美好的生活深深地印在你的脑海里,是一个逝去的梦,只有在夜深人静时才飘然而至。

在你病重时,你突然告诉我,家中有一无价之宝,是一枚宣统元年的银元,这是你父亲的朋友——造币厂的厂长年轻时在宣统登基后造的样品,一共只造了三枚,后因辛亥革命爆发,这银元便没有发行。银元样品也无用了,在你三岁生日时,他送给你作为礼物,你让我在小盒子里找一找。

我大吃一惊,心想,家中有这样值钱的东西,为什么一直不讲?!

在一只旧铁盒中,有几十枚你存的各种钱币——当然都是不值钱的角子,根本没有银元。我又翻箱倒柜,几乎找遍了家中每一个角落,仍然没有。

你苦笑道:"恐怕我后来送人了,记不得了。我也不知道这东西值钱,看来命里注定我发不了财!"

孩子们笑你是产生了幻觉。

你是穷惯了,也穷怕了。高中毕业时,你的理想本是考文科大学，但得知华北机械工业学院专修科（后并入清华）是免费的，你便报考了这所学校。并非是你想当什么工程师！

感谢钟惦棐和北影老厂长汪洋，感谢五十年代一度试行的高稿酬制度，1958年因拍了《上海姑娘》，给了你千余元稿费。当制片把装钱的信封交给你并歉意地告之稿费不是最高时，你却被这天文数字吓呆了。你不敢拿回宿舍，立即将它存进了银行。就是这笔钱，你精打细算地整整用了十年！在当右派后最困难的年月，它使你不致饿死在农村，也使你有肺病的老母有可能吃到鸡蛋！

钱，是多么重要啊！

你写《被爱情遗忘的角落》，写到"穷"的恐怖，这不仅是菱花她们的恐怖，更是你张弦的恐怖啊！你被挤压到只有贫困的角落，久久地被人遗忘！

感谢邓小平，感谢改革开放，使你终于可以走出贫困的角落，迈进富裕的阳光之中，过几天真正"人"的生活。

当电影市场在中国大地上颤颤巍巍站起来并开始迈步前行的时候，你在回归文学界的同时，便毫不犹豫地向它伸出了自己的手，只因为你太爱电影。可是，当那一张张印着伟人像的钞票随着你参与的影视片的成功悠悠地飘进了你的口袋的时候，你便渐渐自觉地去追随这市场的脚步了。

这，难道不是进步，而是堕落吗？

文人不谈钱的时代难道不应该结束吗？

记得我们经常说，马克思为挣钱还给小报写文章呢！

没有钱怎么行啊！且不说它在某种程度上正是自身价值的体现。

亲爱的弦，你全然没有错，用不着向你的朋友和读者致歉！

是应该有人致歉，是那些无端剥夺你青春、爱情、幸福生活的人和政策制造者应向你道歉！

1987年你访问日本，特别记下了日本电影剧作家在电影萧条的形势下如何进入电视界写电视剧的情况。如果他们不写电视剧，只靠写小说，则养不活自己，这给你深深的震动！

中国作家大概是世界上最幸福的作家了，拿着不算低的工资，作品有地方发表，发了还有稿费——这是计划经济大锅饭的产物。一旦把这些人丢向市场，有几个人能不去写电视剧？

而你写电视剧又是多么严谨，多么认真，多么精彩，多么出色啊！你并没有离开文学，而是在电影和电视领域从事着另一种文学创作。

你的《唐明皇》《双桥故事》《赛金花》的艺术品位丝毫不逊于你的小说，在这一点上至今没有被评论家重视，不能不说是个遗憾。

亲爱的弦，在你的墓前，我烧了许多大面额的冥纸，就是让你在那个世界里有许多的钱用，你敞开花吧！那些钱本应属于你！

你常说性格决定命运，性格即是命运。并要我将这句话刻在你的墓碑上作为墓志铭永留于世。在你初次向我讲这句话的时候，我并不完全同意，觉得有些悲观和被动，甚至有宿命之感。难道不是命运左右人的性格，倒是性格左右人的命运吗？

可你坚持认为是性格决定命运。并说，在同样的处境下，性格不同的人命运会截然两样，又一次说自己太软弱太善良，因此才遭到许多的不幸。我说，那些斗争，还有反右、"文革"这些运动是你能左右的吗？如果没有那些罪恶的事，你会有那些不幸吗？你却反驳说，有很多人就不是像我那么傻，不就没当右派吗？命运就是性格使然。没办法！每谈到此我便沉默了……

你一向很少谈论自己的苦难，仿佛就是一只封死了的箱子，而钥匙则埋在你心灵深处。

你从没向我谈过你被打成右派的真实情况，我想你是怕我笑话你太软弱幼稚吧。我是从你给我的年谱中看到了那一场可怕的政治迫害的记录：

在违心地"揭发""批判"钟惦棐之后……在"向党交心"运动中，"我向组织交出了《青春锈》（后改为《苦恼的青春》）的手稿，真诚地请求组织上帮助我提高认识。所换来的结果是，以写'反党小说'的罪名被定为右派分子……从此开始了我的'罪人'生活……"

是啊，如果在那时你不是那么幼稚单纯，不是那么善良乖顺，也就不会拿着没有发表的小说去请求组织上"帮助"和"批评"了，可能也就不会被打成右派（顶多是右倾思想），也就不会下放到马鞍山，说不定早就被汪洋调到北影当上编剧了！

唉！

你多次跟我说，你是一个十分悲观的人，你说你看见了太多的苦人苦事，自己经历的也是太多的痛苦和太少的幸福。

"大概上大学的两年是我最幸福的日子，可惜太短了。"你叹息道。在自传中也写道："我走过一段艰辛的路。命中注定,我仍将艰辛地走下去。"你似乎与"苦"结下了不解之缘。

我时常劝你,为什么不能乐观一点呢,为什么不能改变自己的性格呢。

你说:"性格是天生的,没法改变。所以我羡慕乐观、勇敢、果断的人,而我自己却很难做到,当然,我可以努力去试一试。"

后来,我渐渐发现,你果然是有意识地在改变自己。

你努力地去接近年轻人,发现他们身上及作品中令人振奋的东西,拿他们的与自己的做对照,常常发出赞许的感叹。

当许多人批评王朔时,你却多次称赞王朔是天才。为了促成张艺谋拍苏童的《妻妾成群》(即《大红灯笼高高挂》),你忙里忙外,牵线搭桥,不遗余力。而为支持李少红拍《红粉》更是尽了老大哥的全力,多次周旋于南京与北京之间,好像是拍自己的作品一样。而在与这些年轻人的交往中,你自己也感到年轻了许多。

由于常住北京,你很赞成北京人的许多优点,那种大气潇洒、不计较小事、愁不怕、难不倒、乐观向上的气质,很使你倾倒。

一次我陪你买鞋,你立即换上新的把旧的装进鞋盒,你说这是学你们北京人,要是我过去就一定放在家里,等有什么场合再拿出来穿。你那天的神态,真是十分可爱!

当然,这些细小的改变终究不是本质上的。我最终发现,我改变不了你,你依然是你。依然是那样渴求温暖和爱怜,依然是那么谦和和缠绵,依然是那么伤感和痛苦。

在这一点上,我甚至感到你是多么固执啊!倒使我不能不同意"性格即是命运"这句话了。

虽然我遵嘱将此话刻在了你的碑上,但是我仍猜不透这是你的控诉呢,还是自责?抑或是向世人诏示,要做自己命运的主宰者?又也许是兼而有之吧。你说过你最不能容忍的是藐视你的智慧,而最得意的便是赞叹你的聪明。你墓碑上的这句话便是你留给世人可以无穷思考的禅语啊。当人们反复揣摸此话的含意时,你一定会禁不住得意地笑了,对不对?

而我每重复一次这句话,便会涌出阵阵悲凉,假如不是命运这样残酷,你的生活将会是另一番景象!幼年丧父,兵荒马乱,贫病交加,颠沛流离,好不容易熬到解放,上了大学,却在刚开始崭露头角时,就被打成了右派,接着是长达22年的非人生涯;一切都被剥夺了,失去了作为人的基本尊严。正常人的欲望和自信被打到十八层以下,一切哀怨委屈都被磨钝了,剩下的只是麻木和谨小慎微。还谈得上什么锐气和潇洒?

更可惜的是失去了健康。据医生说,癌症的潜伏期(即指第一个癌细胞发展到能被B超发现并能进行手术割取的肿瘤)是6—20年,平均12年。我想,癌细胞定是早在20年前就已埋伏在你身上了。你曾跟我讲述那些日子里的一些荒唐的笑话。一次,为了捞到一只炊事员漏掉到水塘里的萝卜,你们几个"管制分子"因为饥饿,竟绞尽了脑汁互相争夺;另有一次一整年没给你们吃肉,年终时村里终于杀了猪让你们开荤,几大海碗白花花的红烧肉被席卷一空,可到了半夜,一个个都去抢茅房……

长期的饥寒交迫,长期的精神压抑,你原来就不强健的身体没有夭折便已是奇迹了。至于后来的慢性肠胃病、血吸虫病、肺结核,等等,你又怎能当回事呢;而胰腺癌往往是由慢性消化道疾病转化而得的,任凭你张弦再聪明,又可曾想到过这一层?即便想到了,你又怎么能逃脱这噩运的魔爪呢?……

亲爱的弦,你没有什么可自责的,不用再怨恨自己的懦弱,一切都是为时代的错位和政策的失误所付的代价,比起那些大错来,你自身的些许弱点和毛病,真是不值一提,你为什么还要这叹息永远陪伴着你呢?

你宽厚仁爱、同情弱者的本性使你获得别人的信任和友情,也使你自己注定要承受苦难,否则内心就不能平衡。尤其是对待女性,许多人对你误解甚深,不惜夸大事实,恶言相攻,在我看来,你却更像是一个贾宝玉式的人,怜香惜玉是你的快乐,当然为此也付出了许多代价。

你和任何正常的男人一样,渴望爱情和幸福。过去,因为政治运动的干扰,你几次恋爱都有花无果,直到三十三岁,才与你的第一位妻子结了婚,共同度过了一段艰苦的岁月。对她的感情和支持,你是铭记在心的。后来,你们虽然离了婚,但是,你对她一直十分关心和爱护,尽可能给予她许多的帮助。你总是对我说,我对她很负疚,望你能够理解!她去世后,你带着病为她料理了后事,尽了一个做丈夫的全部责任。

对于我,你除了关心爱护以外,则寄予更多的要求,希望我工作得更为出色,创作出更优秀的作品。

比起你来,我深知自己才分不够,唯有更加努力才有出路。每每得到你的帮助,总是十分感动。我多次劝你不要考虑我的工作,应该更多地完成你自己的写作计划,尤其是你写小说的计划，但是，你总是放心不下，即使我拍的是别人写的剧本，你也一定要抽出时间来，认真研究，帮着出主意，想办法。直到你后来癌症复发，不能再帮助我了，你还向我表示歉意，感到自己没有尽责。作为你的妻子，我是十分幸福和幸运的，你真切地爱着我，并给我许多教诲，这样的爱使我终生受用不尽！

我只是十分后悔，为什么在结婚以后，没有用更多的时间来陪伴你，照顾你。

因为分居两地，我们总是南来北往，疲于奔命，并且是不喘息地工作，工作，工作。以为身体是铁打的，也没有认真地、经常地去医院检查。

其实，完全应该少做一些工作，而把家庭和健康放在更重要的位置。如果我们早一点调到一起，早一点把健康列入家庭工程，说不定便能早些发现疾病的隐患，不至于发展成凶残的癌症！

对此，我将永远对你负疚，永远不能原谅我自己！

在你得病以后，我们才悟到这一点。虽然已经晚了，但是我看见了你是以何等顽强的毅力和超人的勇敢去和死神拼搏，夺回本属于你的生存时间！

你练气功、吃中药、做化疗……受尽了种种药物折磨，克服着难以克服的种种痛苦，虽然癌细胞正在疯狂地吞噬你的肌体，但是也没有能把你的精神折倒。

你最后在医院里要求我给你洗一次澡，当你赤身躺在澡盆中，望着你那只剩下一副骨头架子的躯体，我无法忍住眼中的泪水。而你却笑着说："啊，多舒服啊！多舒服啊！谁说我不能洗澡！"我的心灵被你的顽强和乐观深深震撼！正是你的这种巨大的精神力量，才使得死神在你面前却步了。如果不是这精神在支持着，你绝不可能在复发后还能坚持八个月之久！这连医生都大为惊讶！

亲爱的弦，对于我，你是一本永远读不尽的书，一座永远攀不完的山，一股永远淌不尽的甘泉！

今天，是你一周年祭日。在隆隆的雷声和迷离的春雨里，我来到白龙山墓园你的身边，向你倾诉对你无尽的思念，把这封饱蘸我泪水的信交给你。我相信，你能看见它，并且，你会用你那支魔术般的笔，给我回信，在梦中给我捎来。

我会永远爱你，弦！

你的钰

1998.3.19于南京

［原载《张弦文集》（小说卷），解放军文艺出版社1999年7月出版］

张弦创作年表

1983年
小说集《挣不断的红丝线》由人民文学出版社出版。

1984年
《张弦电影剧本选集》由中国电影出版社出版。

1987年
《张弦电影文学剧本新作选》由中国文联出版公司出版。

1989年
电影剧本《安丽小姐和她的情人们》发表于《电影剧作》第9期。

1992年
电影剧本《独身女人》发表于《电影剧作》第3期。

1993年

电影剧本《杨贵妃》发表于《新苑》第3期。

1994年

作品集《张弦代表作》由河南人民出版社出版;电视剧本《双桥故事》(20集)由江苏文艺出版社出版

1995年

电影剧本《杨开慧》发表于《电影剧作》第2期。

1999年

小说卷《张弦文集》由解放军文艺出版社出版。

2001年

《张弦文集》(电影卷)由中国戏剧出版社出版,收入《被爱情遗忘的角落》《苦难的心》《杨开慧》。

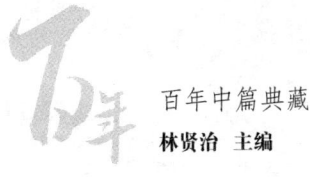

百年中篇典藏

林贤治 主编

《阿Q正传》　　鲁迅 著

《她是一个弱女子》　　郁达夫 著

《莎菲女士的日记》　　丁玲 著

《二月》　　柔石 著

《生死场》　　萧红 著

《林家铺子》　　茅盾 著

《丽莎的哀怨》　　蒋光慈 著

《长河·边城》　　沈从文 著

《阳光》　　老舍 著

《八月的乡村》　　萧军 著

《小二黑结婚》　　赵树理 著

《饥饿的郭素娥》　　路翎 著

《组织部来了个年轻人》　　王蒙 著

《大淖记事》　　汪曾祺 著

《绿化树》　　张贤亮 著

《被爱情遗忘的角落》　　张弦 著

《人到中年》　　谌容 著

《小鲍庄》　　王安忆 著

《关于詹牧师的报告文学》　　史铁生 著

《褐色鸟群》　　格非 著

《妻妾成群》　　苏童 著

《小灯》　　尤凤伟 著

《回廊之椅》　　林白 著

《到城里去》　　刘庆邦 著